Marek Halter est [né en 1936 à Varsovie, en Pologne,] d'une mère poétesse yiddish et d'un père imprimeur. Sa famille fuit le ghetto de Varsovie en 1940, pour chercher refuge à Moscou, puis en Ouzbékistan. En 1946, il retourne en Pologne avec ses parents et, quatre ans plus tard, la famille obtient un visa et arrive à Paris. Il fait de la pantomime avec Marcel Marceau puis, à l'âge de 17 ans il est admis à l'École nationale supérieure des beaux-arts. En 1967, il fonde et préside le Comité pour la paix négociée au Proche-Orient. Il publie son premier livre, *Le fou et les rois* (prix Aujourd'hui 1976). En 1983, *La mémoire d'Abraham* (prix du Livre Inter) connaît un succès mondial. Sa trilogie consacrée à la modernité des femmes de la Bible (*Sarah*, *Tsippora* et *Lilah*) parue en 2004 aux éditions Robert Laffont est vendue à 500 000 exemplaires. Après un livre consacré à Marie, il publie un roman très remarqué : *La reine de Saba*. Marek Halter est l'auteur d'une vingtaine de romans, de récits et d'essais. Il réalise plusieurs documentaires et un film primé au festival de Berlin (1995) *Tzedek, les Justes*.

Marek Halter collabore à de nombreux journaux dans le monde et milite sans relâche pour les droits de l'homme, la mémoire et la paix.

JE ME SUIS RÉVEILLÉ EN COLÈRE

DU MÊME AUTEUR
CHEZ POCKET

LA MÉMOIRE D'ABRAHAM
LES MYSTÈRES DE JÉRUSALEM
LE VENT DES KHAZARS
BETHSABÉE
MARIE
JE ME SUIS RÉVEILLÉ EN COLÈRE

LA BIBLE AU FÉMININ

SARAH
TSIPPORA
LILAH

MAREK HALTER

JE ME SUIS RÉVEILLÉ EN COLÈRE

ROBERT LAFFONT

Le Code de la propriété intellectuelle n'autorisant, aux termes de l'article L. 122-5 (2ᵉ et 3ᵉ a), d'une part, que les « copies ou reproductions strictement réservées à l'usage privé du copiste et non destinées à une utilisation collective » et, d'autre part, que les analyses et les courtes citations dans un but d'exemple ou d'illustration, « toute représentation ou reproduction intégrale ou partielle faite sans le consentement de l'auteur ou de ses ayants droit ou ayants cause est illicite » (art. L. 122-4).
Cette représentation ou reproduction, par quelque procédé que ce soit, constituerait donc une contrefaçon sanctionnée par les articles L. 335-2 et suivants du Code de la propriété intellectuelle.

© Éditions Robert Laffont, S.A., Paris, 2007
ISBN 978-2-266-18330-7

« Mieux vaut la nuit dans la colère que dans le repentir. »

Proverbe targui

« Si tu veux que le Sage s'irrite autant que le réclame l'horreur des crimes, il lui faudra non plus se mettre en colère, mais devenir fou. »

Sénèque, *De la colère*

« On apprend plus d'un bon savant en colère que de vingt tâcherons lucides et laborieux. »

Rudyard Kipling, *Souvenirs*

J'aime, très tôt le matin, au printemps de préférence, quand l'air est encore frais, traverser la place des Vosges et m'arrêter un instant devant la statue équestre de Louis XIII, souvent couverte d'une nuée de moineaux. Il n'est pas banal qu'un garçon né au fond d'une cour de la rue Smocza à Varsovie se retrouve, comme d'Artagnan, face au roi de France. Ce matin-là, debout devant le patron des Mousquetaires, j'entends une voix m'interpeller :

« Vous avez l'air en colère, monsieur Halter. »

Le roi me parle ? Je me retourne et découvre un homme, de toute évidence un Juif religieux, assis sur un banc. Il porte une longue barbe noire parcourue de fils blancs, un large chapeau noir et une redingote élimée. Derrière de fines lunettes cerclées de métal, son œil gris me regarde, amusé.

« Comment le savez-vous, monsieur ?

— Ça se voit. Ce qui caractérise un Juif, c'est qu'il se réveille tous les matins en colère. François Truffaut disait ça.

— Vous allez au cinéma ?

— Un Juif religieux n'a-t-il pas le droit d'aller au cinéma, comme tout un chacun ? »

J'ai l'impression de l'avoir offensé.

« Je ne sais si cette remarque de François Truffaut vaut pour tous les Juifs, dis-je, mais en ce qui me concerne, il n'a pas tort. Cette colère, le monde qui m'a accueilli l'a méritée. Il la mérite toujours. »

L'étranger sourit, déplace sa sacoche en velours renfermant son châle de prière et me fait signe d'une main :

« Vous ne voulez pas vous asseoir ?

— Non, merci.

— C'est bien vous que j'ai entendu crier à la télévision, récemment ? dit-il pour relancer la conversation.

— Oui, après la mort du jeune Ilan Halimi. Je sais bien qu'il y a encore parmi nous des assassins et qu'ils peuvent commettre un crime antisémite. Ce qui m'a mis en colère, c'est l'apathie des Français. Personne n'est descendu spontanément dans la rue pour protester, pour crier.

— Savez-vous que le mot "prophète", *navi* en hébreu, vient de l'akkadien *nabou*, le "cri" ? Dans l'Antiquité, il y avait en Israël des écoles de prophètes où l'on apprenait à crier. Contrairement à ce que l'on imagine, il est difficile de crier, surtout en public. Or, pour être efficace, il ne suffit pas de savoir crier : il faut aussi pouvoir rassembler et faire partager sa colère. »

L'homme connaît les Écritures. J'ai envie de lui demander son nom, mais je me retiens. Connaître le nom d'autrui, c'est un engagement. Je préfère couper court :

« L'intellectuel, m'a fait remarquer un jour Andreï Sakharov, est le thermomètre du degré d'humanité de l'humanité.

— Le poète Heinrich Heine l'a dit avant lui, réplique l'étranger, toujours souriant. »

Je m'apprête à lui dire au revoir lorsqu'il me demande :

« Êtes-vous vraiment en colère tous les matins ?

— Oui.

— Vous vous réveillez tous les jours avec une colère neuve ? Je ne parle pas de ces colères habituelles qui nous sont propres, contre nous-mêmes, notre famille, nos amis ou collègues, mais des vraies colères, celles qui touchent à l'universel.

— Oui, dis-je sèchement, espérant mettre fin à la conversation. »

Il soulève ses sourcils épais dans un mouvement de doute :

« Vous passez tous les jours par ici ?

— Presque.

— Que diriez-vous de prendre quelques minutes tous les matins pour partager avec moi vos colères ? »

Il joint ses mains pâles dans un geste de prière. Je me sens gêné. Je ne connais pas cet homme et je n'aime pas les obligations. Sauf peut-être celles que je m'impose à moi-même. J'allais dire non, j'ai dit oui.

Un sans-papiers
ou comment l'on devient français

Premier matin

Cette rencontre inattendue m'a troublé. Paris compte plus de trois millions d'habitants. Il fallait que je tombe précisément sur un Juif qui ressemble comme deux olives à ceux qui ont peuplé mon enfance. « L'incompréhension du présent naît fatalement de l'ignorance du passé, écrit l'historien Marc Bloch. Mais il n'est peut-être pas moins vain de s'épuiser à comprendre le passé si l'on ne sait rien du présent. »

Marc Bloch, résistant, fut arrêté par les nazis et fusillé. Devant le peloton d'exécution il eut le temps de crier : « Vive les prophètes d'Israël, vive la France ! » Je ne sais si j'aurais eu, dans les mêmes circonstances, son courage, mais son cri est aussi le mien.

Avant d'arriver en France, en 1950, je ne savais pas ce qu'était la démocratie. Je n'avais connu que les obsessions décervelantes et castratrices des systèmes nazi et stalinien. J'avais quatorze ans. N'ayant pas eu la chance de fréquenter l'école, j'avais tout appris dans la rue. Ce savoir rare et brutal était devenu au fil des ans une source d'inspiration et de références, un moyen de mieux comprendre l'autre.

J'eus néanmoins beaucoup de peine à m'adapter à la liberté. Je ne pouvais commencer à réfléchir, sentir et agir comme si le monde qui m'avait vu naître n'avait jamais existé. Je devais assimiler mes diverses appartenances avant de choisir le lieu spirituel d'où j'allais m'adresser aux autres, les valeurs qui allaient gouverner mes choix et ordonner ma parole, mon lien avec le monde, ses forces visibles ou invisibles.

Dans le même temps, il me fallait apprendre la langue de ma nouvelle patrie et, par la même occasion, ce qu'elle contenait de pensée et de raison. J'ai vite compris que le français était la langue qui me permettrait le mieux d'exprimer mes choix et mes convictions. Non parce que je le maniais plus aisément que les langues de mon enfance, le yiddish, le polonais ou le russe, mais parce que, dans mon esprit de jeune Juif, le français s'identifiait depuis toujours à la liberté. Le mot figure en tête au fronton des édifices publics. Et n'est-ce pas précisément dans cette langue que la Constituante, deux siècles plus tôt, proclama l'émancipation des Juifs ? Enfin, c'est bien en faveur d'un capitaine juif que Zola écrivit *J'accuse*, son inouï plaidoyer.

J'appris la liberté avec le français. J'y ai passé trois ans, trois ans à comprendre que je cherchais en France ce que je cherchais dans le judaïsme : ce point d'appui dont parlait Archimède et qui permet de soulever le monde.

J'en eus la confirmation lorsqu'en Argentine, lors de mon premier voyage d'homme libre, le poète Juan Gelman m'emmena à une manifestation pour la libération de quelques étudiants de l'université de La Plata, arrêtés par la police de Perón. Un cordon de policiers barrait la route de la Casa Rosada, le siège du gouvernement.

Un officier me repéra. Lorsque je lui tendis mon titre de voyage, il n'y vit qu'un mot : France. Il me salua comme on salue le drapeau et dit avec un drôle d'accent : « France ? *Derechos humanos !* »

Les fascistes, les staliniens disaient de moi que j'étais un « cosmopolite », un homme de nulle part, n'appartenant à aucun ensemble culturel constitué et dont il fallait se méfier. J'aimais leur répliquer, non sans fierté, que j'appartenais au cosmos, le plus petit trou à l'intérieur duquel tout homme pouvait se cacher la tête. Cela ne les faisait pas rire et mon père reçut quelques blâmes du KGB.

En France, on me traita d'« apatride », d'individu sans papiers, donc sans attaches territoriales. Là encore, c'était suspect. « J'appartiens au monde », disais-je à mes camarades, me forçant de tirer avantage d'une situation inconfortable, parfois humiliante. Pour moi, les apatrides, dépourvus de reconnaissance et de protection légales, révélaient un paradoxe de la modernité : ils représentaient cette humanité abstraite, si chère à la philosophie des Lumières. Nous, les apatrides, étions non pas les « sans-loi » comme les camarades de mon enfance ouzbek, à Kokand, mais les « hors-la-loi » – pour la simple raison qu'il n'y avait aucune loi susceptible de nous reconnaître.

New York, 1973 : à l'époque, j'étais encore peintre. Dans une petite salle de cinéma de la 57e Rue, je présentais un court métrage réalisé à partir de mes dessins de Mai 68. À ma grande surprise, j'ai vu arriver, au bras de mon ami Robert Silvers, directeur de la *New York Review of Books*, une femme âgée, petite, corps noué et regard vif : Hannah Arendt. Après la projection, nous prîmes un verre au Russian Tea Room, lieu à la mode. « Êtes-vous français ? » me demanda Hannah Arendt. « Non, apatride. »

Elle passa toute la soirée à nous expliquer, avec passion et au rythme des mégots écrasés dans un immense cendrier, que la transformation de l'État en instrument de la nation, a créé une situation dans laquelle les apatrides non seulement avaient perdu leur patrie mais n'étaient plus en mesure d'en obtenir une nouvelle. C'était, selon elle, la première grave atteinte portée aux États-nations. L'arrivée de centaines de milliers d'apatrides a aboli le droit d'asile, seul droit qui ait jamais figuré comme symbole des droits de l'homme dans le domaine des relations internationales.

Je lui ai raconté, à mon tour, l'histoire de ce fonctionnaire chauve, ses lunettes en déséquilibre sur son nez minuscule qui, un mauvais matin d'hiver, derrière son guichet à la préfecture de Paris, me débita d'une voix monocorde, sans lever les yeux :

« Halter, Aron ? Né en 1932 à Varsovie, Pologne ?
— Non, répliquai-je. Je m'appelle Halter, Marek, né en 1936 à Varsovie, Pologne. »

L'homme fit un geste agacé, leva les yeux sur moi tel un entomologiste considérant un insecte. Puis il postillonna en disant d'une voix ferme qui ne supportait aucune contestation :

« Halter, Aron, voici votre numéro. Revenez la semaine prochaine ! »

La date de naissance ne me préoccupait pas outre mesure. J'étais jeune. Quatre ans de plus ou de moins, je m'en moquais, pensant avoir devant moi l'éternité. Le nom en revanche incarnait une vie. Changer de nom, c'était changer de destin, de mémoire aussi, cette mémoire qui fut de tout temps mon principal repère. Il paraît que Hannah Arendt utilisa par la suite cette histoire pour illustrer sa théorie lors des conférences à la New School de New York.

Quant à moi, j'ai dû attendre trente ans pour être naturalisé, grâce à Simone Veil, alors ministre de la Santé de Giscard. J'ai dû me battre vingt ans durant pour retrouver mon prénom. À cet « Aron » immuable, un autre fonctionnaire ajouta enfin mon vrai prénom, Marek, en le soulignant d'un trait noir et en ajoutant : « Prénom usuel. »

Je suis né en Pologne, j'ai grandi en Russie, j'ai vécu en Argentine et ma mémoire est juive. Cependant, je suis français. Non seulement parce que j'ai pu, après tant d'années de tracasseries bureaucratiques, obtenir le décret de ma naturalisation, mais parce que j'écris et je rêve en français. Aussi suis-je plus sensible peut-être que les Français « de souche » à la présence et au rayonnement dans le monde de cette culture qui m'a donné les mots de ma colère et le droit de les dire.

Comment ne comprendrais-je pas, dès lors, que l'on puisse être marocain de naissance, musulman de religion, parlant l'arabe à la maison ainsi que le français ? Y aurait-il des cultures imperméables ? Les nuages formés en Orient et qui traversent la Méditerranée ne déversent-ils pas la pluie sur nos villes et nos campagnes ? La France n'a pas attendu la mondialisation pour marquer la production culturelle mondiale et accueillir toutes les cultures chez elle.

Ce pays chrétien, « fille aînée de l'Église », arbore non sans fierté sur le fronton de Notre-Dame de Paris les statues de vingt-huit rois juifs, rois de Judée et d'Israël. Et lorsqu'en août 1789 les rédacteurs de l'un des plus beaux textes humanistes des temps modernes, la *Déclaration des droits de l'homme et du citoyen*, cherchèrent à donner une forme à leur œuvre, ils ne trouvèrent rien de mieux qu'une reproduction des Tables de la Loi, celles de Moïse.

La présence des Juifs en Gaule est attestée depuis César Auguste au Ier siècle de notre ère. Rome y déportait la plupart de ceux qui, en Judée, se révoltaient contre l'Empire. Parmi eux, Archélaos, fils du roi Hérode. Au gré des réactions de la population, les Juifs s'intégrèrent jusqu'à prendre, lors d'un synode à Troyes au Xe siècle sous l'égide de Marie de Champagne, une résolution qui marqua pour toujours leur rapport à la France : « La loi de ton pays est ta loi. »

Pour autant, les Juifs choisirent de ne jamais s'assimiler et Napoléon confirma officiellement leur autonomie au sein de l'Empire en créant, le 7 janvier 1807, le Grand Sanhédrin, puis, en mars 1808, le Consistoire central, un organisme commun à tous les Juifs de France.

L'appartenance à une communauté fait-elle des Juifs de moins bons Français ? Ma double fidélité aux prophètes d'Israël et à la France fait-elle de moi un « communautariste » ? De l'Amicale des Auvergnats de Paris au tract bilingue breton-français, des radios communautaires aux manifestations régionalistes, les communautés, que cela nous plaise ou non, représentent en s'additionnant notre identité nationale.

C'est pour partager mes colères que j'ai écrit ce livre. Pourquoi aujourd'hui ? À cause d'une brusque prise de conscience : « Les jours de l'homme sont plus rapides que la navette du tisserand », dit Job. Est-ce que je me sens vieillir ? Je n'en ai pas l'impression. Je sens simplement la mort rôder. Beaucoup de mes amis sont partis. Bientôt, quand une voix annoncera « au suivant », il s'agira de moi.

C'est la mort qui a déclenché ma première colère. J'avais quatre ans, Varsovie était assiégée. Depuis trois semaines les Messerchmitt allemands plongeaient sur la ville. Plusieurs quartiers brûlaient. Les habitants avaient faim. De mon balcon, je vis un chariot traîné par un cheval malingre s'aventurer dans la rue Nowolipki. Le bruit d'une explosion me fit sursauter. Le cheval s'écroula. Des dizaines de personnes, hommes et femmes, tous des voisins que je connaissais bien, se précipitèrent avec des couteaux sur le cheval qui respirait encore et arrachèrent des morceaux de viande de ses flancs. À ma mère, qui m'entraîna à l'intérieur pour m'épargner la scène, je demandai : « Quand je serai mort, me découpera-t-on aussi, comme ce cheval au milieu de la rue ? »

Ai-je peur de la mort ? Certainement. Vladimir Jankélévitch aimait dire avec humour que, « quand on pense à quel point la mort est familière et combien totale est notre ignorance, et qu'il n'y a jamais eu aucune fuite, on doit avouer que le secret est bien gardé ». Qui se porterait candidat pour aller explorer ce qui se trame dans l'au-delà ? Pour les Juifs, il n'est pas bon de tenter le *cheol*, le monde de la mort.

Oui, j'ai peur. J'ai peur du temps qui passe, peur de ne pouvoir partager avec les autres mes interrogations, mes histoires, mes colères. Car j'appartiens à une tradition qui croit qu'une histoire d'homme non partagée avec les hommes est un crime contre l'humanité.

Ce livre n'est ni un essai, ni un roman, ni un récit de voyage à travers les événements qui ont marqué ma vie. C'est tout simplement un livre d'indignation – la meilleure des assurances contre la vieillesse, garantissait André Gide.

En Mai 68, au théâtre de l'Odéon occupé par une foule impressionnante, Jean-Louis Barrault présentait des anonymes les uns après les autres. Ceux-là montaient sur scène pour faire partager leurs angoisses et leurs utopies ; et toujours, au fond de la salle, une voix suspicieuse s'élevait pour lancer à l'orateur improvisé : « D'où parles-tu, toi ? »

J'ai renoncé à monter sur l'estrade pour ne pas devoir répondre à cette simple et terrifiante question. J'avais pourtant tant de choses à dire ! Suis-je mieux loti à présent ? Je n'en suis pas si sûr même si j'ai pu entre-temps lire et écrire quelques livres, visiter de nombreux pays et participer aux multiples combats pour la défense des droits de l'homme. Malgré tout cela, je reste toujours à mes yeux cet enfant du ghetto de Varsovie, ce « sans-loi » dans le lointain Ouzbékistan qui, arrivant en France, eut du mal à apprendre la langue de sa nouvelle patrie. Langue dont les rudiments lui furent enseignés, ironie, par le mime Marcel Marceau.

C'est donc un enfant des rues qui regarde les soubresauts de nos sociétés, transportant avec lui quelques romans d'Alexandre Dumas et la Bible. Non pas la Bible que tout le monde connaît, livre fondateur de la première religion monothéiste dans lequel certains cherchent l'Histoire, d'autres la foi et d'autres encore la vie des anges. Mais un livre « plein de bruit et de fureur » où les hommes s'entretuent, les filles séduisent leurs pères, un frère en tue un autre, et où règne l'injustice. Plus encore que les géniales tragédies de Shakespeare, la Bible nous envoie à la figure ce que nous sommes et ce dont nous sommes capables. J'y ai compris que le mal ne se trouve pas à l'extérieur de nous mais en nous. J'y ai appris à le combattre.

Communautés, et alors ?

Deuxième matin

La pluie est fine, désagréable. J'espère que l'étranger ne sera pas au rendez-vous. Mais je serais déçu par son absence.

Il est là, assis sur le banc face à la statue de Louis XIII, comme s'il n'avait jamais bougé. Il devine mes pensées :

« Je suis comme un meuble de cette époque, dit-il, lourd et tordu. »

Cette fois, c'est moi qui souris.

« Alors, cette colère ?

— Le communautarisme. »

Il s'esclaffe :

« Mais ce mot ne figure même pas dans *Le Robert* !

— Et alors ? Qui d'entre nous ne relève pas d'une communauté ? Même ceux qui disent le contraire.

— Oh, là, là ! Vous êtes vraiment en colère !

— Comment ne pas être en colère ? Hier j'ai entendu à la télévision parler du communautarisme comme si on parlait du sida, du mal absolu ! Nos manuels scolaires gomment l'apport à l'Histoire et à la culture nationale de chacune des communautés qui composent la France. Cependant, ces mêmes manuels, dès qu'ils parlent d'un personnage historique, soulignent sa lignée, sa communauté, ses origines. Avec raison. Les Occitans n'ont-ils pas marqué notre culture comme les Alsaciens ou les Bretons ? Ne s'enorgueillissent-ils pas du fait que Dante ait longtemps hésité entre l'occitan, « langue la plus chantante du monde » et le latin pour écrire sa *Divine Comédie* ?

« La France est un pays laïc. Mais toutes les fêtes chrétiennes sont chômées. Les vrais laïcs s'en accommodent. Les vagues migratoires successives attirées par la plus belle des devises, "Liberté, Égalité, Fraternité", et par une société plus riche venaient d'Italie, d'Espagne, du Portugal ou encore de Pologne, pays chrétiens. Nos historiens continuent à prétendre que leur intégration s'est faite grâce à l'école laïque et au service militaire obligatoire. Ils oublient l'Église. C'est d'abord au sein de la foi chrétienne que tous ces immigrés trouvaient un langage commun.

« L'arrivée d'immigrés d'Afrique du Nord et d'Afrique noire, en majorité musulmans, a changé la donne. Leurs enfants sont français, parlent français, mais la France est pour eux la métropole d'un empire colonial qui leur doit réparation. On ne peut plus, sans provoquer l'hilarité ou le mépris, leur enseigner : "Nos ancêtres les Gaulois..." Non seulement le ciment de la religion chrétienne n'a aucune prise sur eux, mais l'islam conteste la séparation de la Mosquée et de l'État. Il se fait que pour des raisons économiques ils habitent majoritairement nos banlieues, et que leurs revendications sociales, souvent justifiées, se doublent d'une revendication identitaire. Celle-ci effraie. Non parce qu'elle est identitaire, mais parce qu'elle est marquée par le sceau de l'islam, religion qui, depuis l'invasion sarrasine au VIIIe siècle, fait peur en France. Il suffit de relire *Mahomet* de Voltaire. »

La pluie a cessé. D'un geste de la main, je chasse les dernières gouttes d'eau de mon front. Je suis le premier surpris de la longueur de ma tirade devant l'inconnu.

« Intéressant, dit-il tandis qu'un bref éclair de soleil se reflète dans ses lunettes, cachant un instant son regard. Mais Nicolas Sarkozy, alors ministre de l'Intérieur (et des Cultes), a inauguré le Conseil français du culte musulman puis, peu de temps après, le Conseil représentatif des associations noires, reproduisant, deux siècles plus tard, le geste de Napoléon à l'endroit des Juifs.

— C'est vrai. Paradoxalement, dans notre République laïque, quand le pouvoir veut s'adresser à l'une des minorités qui peuplent notre pays, il s'adresse généralement à ses représentants religieux. Cela dit, je pense que l'initiative du ministre était positive. Il aurait dû pourtant s'assurer que ces deux institutions reflètent réellement la composition de leur communauté. Mais le recensement ethnique ou religieux est interdit en France, le contrôle du scrutin n'étant pas assuré : nous ne saurons jamais combien de votants représentent ces élus ni s'ils l'ont emporté démocratiquement. Je comprends la méfiance des Français d'origine maghrébine ou africaine à leur égard. Je comprends moins que les nationalistes de gauche et de droite présentent cette initiative comme la première concession faite au communautarisme. »

L'étranger qui m'écoutait jusque-là avec attention se lève d'un coup. Il n'est pas très grand et presque frêle sous sa large redingote. Il ajuste ses lunettes.

« Je suis désolé de vous interrompre, on m'attend à la synagogue. Je dois faire une *mitzva*, une bonne action. Un homme rencontré hier m'a demandé d'assister à l'office organisé à la mémoire de son père. Il lui manque un homme pour avoir un *minyan*, les dix hommes nécessaires pour dire la prière. »

Il ramasse sa pochette de velours et continue :

« Savez-vous ce qui est écrit dans *Avot*, *Le Traité des Pères*, dans le Talmud ? "Si dix hommes prient ensemble, la *chekhina*, la présence divine, plane au-dessus d'eux." »

Il s'éloigne puis revient sur ses pas :

« Savez-vous que ce chiffre de dix hommes vient d'Abraham, quand celui-ci interpella l'Éternel qui décida de détruire les villes de Sodome et Gomorrhe ? Rappelez-vous, Abraham dit : "Feras-Tu aussi périr le Juste avec le méchant ? Peut-être y a-t-il cinquante Justes au milieu de la ville ? Les feras-Tu périr aussi ? Et ne pardonneras-Tu pas à la ville parce qu'elle a su conserver cinquante Justes en son sein ? Loin de Toi de faire mourir le Juste et le méchant." »

L'étranger lève le doigt comme s'il prenait Dieu à témoin :

« L'Éternel accepte la demande d'Abraham. Mais celui-ci n'est pas sûr de trouver cinquante Justes à Sodome et à Gomorrhe. Il en propose donc quarante, puis trente, puis vingt et enfin... dix. Voilà les dix nécessaires pour dire la prière. Je me dépêche. À demain.

— À demain, dis-je, comme si cela allait de soi. »

Le départ précipité de l'étranger me prive de ma colère. C'est comme si, en plein acte d'amour, j'étais abandonné par ma partenaire. Il paraît que, dans des circonstances similaires, les philosophes de l'Antiquité conseillaient de ne rien dire ni faire avant d'avoir récité l'alphabet. Je sèche donc le café et la presse, je rentre chez moi et reprends la plume.

Le principe qui nous gouverne – « pas de communautarisme ni de particularisme culturel » – nous vient de la Révolution. Le 23 décembre 1789, devant la Constituante, le comte de Clermont-Tonnerre déclara : « Tout accorder aux Juifs en tant qu'individus mais rien en tant que nation. » La phrase résume aujourd'hui encore l'attitude de la République face aux communautés.

Or, en proposant aux musulmans puis aux Français d'origine africaine un cadre communautaire, le ministre a simplement reconnu la réalité. Alexis de Tocqueville lui avait donné raison par anticipation en écrivant : « Je veux bien que la centralisation soit une belle conquête, je consens à ce que l'Europe nous l'envie, mais je soutiens que ce n'est point une conquête de la Révolution ni de l'Empire. C'est au contraire un produit de l'Ancien Régime. »

Cette négation de tout particularisme, de toute existence communautaire, inhérente à l'émancipation française, marque à la fois la générosité des Lumières et ses limites. On considérait alors les Juifs, tels les Musulmans aujourd'hui, comme des individus attachés à une culture et à une pensée archaïques. Il fallait les régénérer pour mieux les intégrer.

À ceci près que les Musulmans d'aujourd'hui sont déjà intégrés. Ils s'expriment en français et connaissent nos lois. La meilleure preuve en est leur réaction à la publication des caricatures de Mahomet dans *Charlie Hebdo*. Les associations musulmanes n'ont pas, comme cela aurait pu se produire dans un autre pays, posé une bombe à la rédaction de *Charlie Hebdo*, ni lancé une *fatwa* contre son directeur. Ils ont utilisé les moyens que la République met à leur disposition : la justice. Ce procès témoigne plus que tous les sondages du degré d'intégration de la communauté musulmane.

J'ai toujours admiré la façon dont les multiples communautés de la société américaine manifestent leur fidélité à leurs origines et, en même temps, à la patrie qui les rassemble. Aux États-Unis, nul ne rougit de cette double appartenance. Elle est proclamée et fêtée dans la joie chaque année lors de cette fameuse parade communautaire sur la 5e Avenue, à New York. Tour à tour, Irlandais, Hispaniques, Italiens, Chinois, Juifs et d'autres encore prennent d'assaut cette avenue mythique. Folklores multiples, costumes disparates, mais tous pourtant défilent sous le même drapeau étoilé, celui des États-Unis d'Amérique. Patrie qui demande en tout et pour tout aux immigrés légaux, pour obtenir une carte d'identité, de connaître la langue, les lois et l'hymne national.

« À cause des déplacements fréquents d'une extrémité à l'autre du pays, écrivait John Pickering en 1816, il est permis d'observer une plus grande uniformité de langue aux États-Unis... » Par comparaison, en 1794, l'abbé Grégoire informait la Convention qu'au moins six millions de Français sur vingt-sept millions ne parlaient pas du tout la langue nationale et le nombre de ceux qui la parlaient « purement » n'excédait pas trois millions.

Sur ce plan, la France a rattrapé l'Amérique et le communautarisme que nous rejetons, nous le vivons quotidiennement. Les Français orthodoxes, par exemple, descendants d'immigrés d'Europe de l'Est, n'ont pas l'impression de s'opposer aux autres Français chrétiens en fêtant Noël le 7 janvier et le nouvel an le 13 janvier, ou aux Français juifs qui fêtent leur nouvel an, Roch ha-chanah, au mois de septembre.

Les autorités de l'État tiennent dans ce domaine un raisonnement particulièrement contradictoire : d'une part, elles honnissent le communautarisme « à l'américaine », et, d'autre part, elles revendiquent pour certaines populations d'immigrés le « droit à la différence ».

À l'heure de la mondialisation, la richesse d'un pays réside dans sa diversité culturelle et ethnique. Appartenant à l'antique tradition mosaïque, ce n'est pas l'amour que je réclame aux diverses communautés qui peuplent mon pays, mais le respect, celui des lois et de la liberté de chacun.

Le pouvoir aux banlieues

Troisième matin

Je regarde ma montre : il est tard. Je souris intérieurement : mon rendez-vous matinal avec l'étranger s'est déjà intégré à mon emploi du temps. J'accélère le pas. L'homme au chapeau noir est en train de me mettre au défi. Et pourquoi pas ? Aujourd'hui, je suis vivement en colère.

« La radio annonce encore ce matin quelques centaines de voitures brûlées dans nos banlieues : le lot quotidien de sacrifices sur l'autel de la démocratie.

— Connaissez-vous l'explication du mot "sacrifice", *qorban*, en hébreu ? me demande l'inconnu. La racine de ce mot signifie "rapprocher". Les sacrifices rapprochaient l'homme de Dieu et Dieu de l'homme. Peut-être ceux qui brûlent les voitures dans les banlieues cherchent-ils ainsi à se rapprocher de la République qui les a abandonnés ? »

Je regarde mon interlocuteur avec intérêt. Cela n'efface pas ma colère. Ce qui l'a déclenchée, ce ne sont pas les voitures brûlées, mais le fait que les journalistes nomment les voyous, les *jeunes*.

« Ce mot, dis-je, me sort par les trous de nez ! L'autre jour, j'ai entendu un journaliste dire que "deux jeunes avaient lapidé une Musulmane" puis, quelque temps plus tard, que "trois jeunes se sont attaqués à un commissariat de police". Tout cela pour ne pas donner les noms des voyous qui pourraient éventuellement ne pas sonner bien français. Où se cache le racisme ?

— Eh oui... La plupart de nos banlieues échappent souvent au contrôle de la République. Elles ont été abandonnées par une société plus préoccupée par son bien-être que par le partage avec les autres.

— En novembre 2005, les émeutiers, jeunes pour la plupart, ont détruit tout ce qu'ils pouvaient et brisé le miroir que la République leur avait tendu. Ils ne s'y reconnaissaient pas. Est-ce la raison pour laquelle, outre les voitures qui représentent la réussite sociale, ils se sont attaqués aux symboles mêmes de la République : écoles, gymnases, bureaux de poste, commissariats, qu'ils perçoivent massivement comme hostiles ? Quelle fut la réponse de la République ? Se sentant agressée, son autorité contestée, elle a opté pour la répression. Elle a massivement envoyé sa police dans les banlieues. Était-ce la meilleure réponse ? C'était la seule possible de la part d'une République qui depuis sa création gomme tout ce qui n'entre pas dans son moule et échappe à sa conception de l'histoire de France.

— Qu'auriez-vous fait ?

— Je connais bien cette situation de relégation matérielle et culturelle et la colère contre les "belles âmes" des beaux quartiers qui se donnent le droit, au nom de l'égalité, de me juger comme s'il s'agissait d'eux-mêmes. En Russie, à Kokand, dans le lointain Ouzbékistan où j'ai grandi, on ne m'appelait ni le "sauvageon", ni la "racaille", mais le *bezprizornyi*, le "sans-loi". Nous ne comprenions pas, mes camarades et moi, pourquoi ceux qui avaient à manger ne partageaient pas avec nous le pain alors que nous, nous devions partager leurs lois. Aussi, dans les quartiers où nous habitions, nous avions instauré les nôtres. Ceux de la ville haute avaient peur de s'y aventurer. Nous les jugions comme des étrangers et leur police comme une armée d'occupation. Nous nous prenions pour des résistants que la presse glorifiait à l'époque et chacun d'entre nous mettait un point d'honneur à "se faire" un policier.

« L'initiative du maire de Kokand vint-elle d'une réflexion sur l'inégalité entre la ville haute et la ville basse à l'ombre des minarets ? Fut-elle dictée par son impuissance à maîtriser notre révolte ? Le fait est qu'un jour il est venu nous demander de l'aider à remettre de l'ordre dans la cité. Nous étions enfin reconnus : égaux avec les privilégiés du pouvoir.

« Le geste qu'attendent nos banlieues, ce n'est pas seulement l'abandon d'une parcelle de pouvoir, c'est aussi une reconnaissance de leur apport à notre commune histoire. Rien ne sert de célébrer devant eux le prestige et la supériorité de la culture française. Celle-ci est de toute manière omniprésente. C'est pour s'affirmer que les jeunes des banlieues rejettent la culture dominante en y opposant la nostalgie fantasmée de leurs cultures ancestrales.

— Qu'avez-vous contre la nostalgie ?

— "Qui a bu aux sources d'Afrique, dit un proverbe arabe, y boira de nouveau." La nostalgie est dangereuse. Elle nourrit l'extrémisme, elle peut mener à la violence. Peut-on transformer la nostalgie en connaissance ? Dire, par exemple, dans nos manuels scolaires, en introduction aux cours d'algèbre, que le mot vient de *al-jabre*, "réduction", en arabe ? Il n'est pas difficile d'ajouter à l'histoire des mathématiques que sans l'invention du zéro par les Arabes, tous nos calculs seraient impossibles. Il n'est nullement dégradant pour la culture occidentale de reconnaître l'apport des Arabes à notre savoir du monde, singulièrement en astronomie et en géographie.

« Tout cela n'est pas suffisant. Sans un effort économique et sans une réelle insertion sociale, le fossé entre la population des banlieues et le reste du pays ne sera pas comblé de sitôt. Il ne le sera pas non plus sans l'effort individuel de ceux qui habitent les banlieues. Cet effort est possible à condition que chacun de ces enfants d'immigrés se sente reconnu dans son identité. Or rien n'a été fait par peur de nourrir ainsi les différences. Par peur surtout du communautarisme. »

L'étranger hocha la tête :

« La boucle est bouclée. Une chose est sûre : aucune démocratie ne peut garder à ses marges, comme dans *1984* d'Orwell, des zones de non-droit habitées par des populations frustrées que l'on finira par appeler les "Barbares". »

Dieu n'est pas mort

Quatrième matin

Je suis en retard à mon rendez-vous matinal. Une radio russe, Mayak, me demandait si l'Église avait joué un rôle quelconque dans l'élection présidentielle française. J'accélère le pas. L'étranger n'est pas là. Serait-il reparti ? Curieusement, il me manque. Il faudrait pourtant qu'il me parle de son grand sujet : la religion. L'instrumentalisation des croyances et des rites, surtout pour faire le mal, voilà qui ne me fait pas décolérer. « Quand ils n'ont plus de prêtres, les dieux deviennent très faciles à vivre », aimait dire Anatole France.

Louis XIII reste impassible sur son cheval, les moineaux pépient. Je suis seul dans le square. C'est apaisant. Je vais acheter un journal en attendant. Le kiosquier iranien m'entreprend, comme d'habitude : « Les jeunes en Iran ne se laisseront pas faire longtemps, dit-il. Avez-vous remarqué qu'à ce jour il n'y a pas de kamikazes iraniens ? »

Je retourne au square. L'étranger, essoufflé, arrive en même temps que moi. En me voyant, il me fait de grands gestes des bras. Sa redingote flotte, il a l'air de voler. Soudain, il se tasse, ses bras tombent comme s'il repliait les ailes et il atterrit sur le banc, calmé. Après un silence, il sort son mouchoir blanc et s'essuie le front :

« *Bikkour holim*, dit-il. Visiter les malades, les réconforter, est un précepte fondamental dans la tradition juive. À la douleur et à la tristesse de la maladie faudrait-il ajouter la solitude ? »

J'acquiesce.

« Les préceptes de la religion servent à quelque chose. Sans l'injonction "le Saint, béni soit-il, rend visite aux malades, toi aussi va voir les malades", les hommes le feraient-ils ?

— Et vous ? Avez-vous besoin d'une injonction pour faire du bien ? »

Il m'observe un instant et sourit avec satisfaction :

« Bonne remarque, dit-il. Mais où l'homme prend-il l'idée du bien ? »

L'étranger repousse sa sacoche en velours :

« Vous ne voulez toujours pas vous asseoir ?

— Non, merci.

— Quelle est votre colère d'aujourd'hui ?

— Justement, la religion. Hier chrétienne, aujourd'hui musulmane...

— Curieux, fait l'étranger. Après plus d'un siècle passé dans une République laïque et soi-disant cartésienne, vous réagissez toujours d'une manière passionnée quand il s'agit de Dieu...

— Je ne parle pas de Dieu, je pense à ceux qui se placent entre Lui et nous.

— Vous voulez dire l'Église ?

— L'Église, la Mosquée, la Synagogue... »

Un jeune couple s'assoit non loin de nous. Je les regarde. Le garçon essaye d'embrasser la fille, la fille se défend. Trop tôt ou trop tard pour les gestes d'amour ?

« L'homme est un être tragique, dis-je. Seul parmi les êtres vivants, il connaît la limite de son existence.

Difficile existence qui ne survit que d'espoir. Les laïcs ont pu imposer avec Aristide Briand, le 9 décembre 1905, la loi de séparation des Églises et de l'État, parce qu'ils étaient en mesure de proposer aux Français d'autres espoirs universels que ceux des religions. Face aux confessions représentées alors en France, catholique, protestante luthérienne, réformée et israélite, ils ont aligné le socialisme, le communisme, le fascisme et le libéralisme. Idéologies qui depuis, reconnaissons-le, ont failli. Dès lors, toujours incapables de vivre sans espoir, les hommes retournent à la religion. »

L'étranger sourit :

« Oh, vous savez, les églises, les synagogues et les mosquées ne sont pas pleines tous les jours.

— Oui, mais la religion ne s'exerce pas uniquement dans des lieux réservés à son usage. Elle s'affirme dans le comportement quotidien, dans le choix des revendications et les moyens qu'on utilise pour les satisfaire, dans les discours et les sujets qui émeuvent et qui mobilisent. Prenons les ONG, sur lesquelles notre État laïc se décharge souvent. Prenons leurs objectifs et la forme de leur action. Dans les années 1930, face au fascisme conquérant, nos grands-parents organisèrent les Brigades internationales. Ils partirent combattre en Espagne ce qu'ils considéraient être le mal. Ils opposèrent une vision du monde à une autre, une idéologie à une autre, la liberté à la servitude. Nous n'avons plus les idées claires sur un monde à opposer aux extrêmes et à leur violence. Nous défendons la démocratie, certes, mais elle n'est ni une idéologie ni un concept parfaitement exportable. Il nous reste la charité, aux Petits Frères des pauvres, Compagnons d'Emmaüs et Secours catholique s'ajoutent Médecins sans frontières, Action contre la faim, Médecins du monde... Et qu'est-ce que la charité, si ce n'est ce geste qui doit servir Dieu à travers l'individu ? Pour Saint-Exupéry la charité serait "le dû à Dieu". Bref, nous avons cru avec Nietzsche que Dieu était mort, nous nous sommes trompés. Un jour, j'ai vu sur le fameux mur de Berlin un graffiti : "Nietzsche est mort" – c'était signé Dieu.

— C'est assez drôle, reconnaît l'étranger. J'appartiens à une tradition dans laquelle on ne nie pas Dieu : on prend congé de Lui. Les vrais croyants débattent avec Lui directement, comme Abraham lorsque l'Éternel décida de détruire Sodome et Gomorrhe. Abraham s'éleva contre la décision divine et Dieu lui donna raison. Giordano Bruno, trois mille six cents ans plus tard, n'a pas eu cette chance. Peut-être parce que son interlocuteur n'était pas Dieu lui-même mais l'Église. L'auteur de *De l'infini de l'univers et des mondes* fut brûlé en 1600 pour hérésie sur la place publique à Rome. Pour ce qui est de l'islam... Savez-vous que le mot *islam* signifie "soumission" ? Est-ce à dire que l'islamisme serait le mouvement politique et religieux prônant l'expansion de la soumission ?

— L'islamisme, dis-je, est encore un épouvantail, une expression que l'on a inventée pour désigner un islam extrême, violent, en opposition à l'islam modéré, fréquentable, civilisé. C'est cet islam extrême qui a repris le témoin de l'Inquisition. Au nom de la même logique, on a brûlé les œuvres de Salman Rushdie ; les fatwas lancées contre lui et contre Taslima Nasreen n'ont toujours pas été levées. Plus proche de nous, j'ai appris récemment que Toumi Djaïdja, organisateur de la marche des Beurs, reçu par François Mitterrand en 1983 à l'Élysée, a transformé le local de son association SOS Minguettes en lieu de prière. En France, depuis 1979 et la victoire de la révolution khomeyniste, le nombre d'associations islamiques et des mosquées s'est multiplié par cent.

« La virulence de la Mosquée (je dis "Mosquée" comme je dirais "Église", une structure hiérarchique créée par les hommes que je dissocie de Dieu) a provoqué le durcissement d'autres religions, d'autres Églises, qui se sont senties brusquement menacées. D'où le discours du pape Benoît XVI à Ratisbonne, le 12 septembre 2006, dans lequel il rappelle l'islam à la raison, ou encore la répression des Musulmans par les Sri-Lankais bouddhistes. Paradoxalement, Tariq Ramadan a intérêt de s'attaquer au "communautarisme" qui serait une sorte de séparatisme culturel. Si on se donne pour but de partager avec le plus grand nombre la parole du Prophète, il est plus facile de réussir en vivant au sein de populations à convertir qu'en se séparant d'elles. Sinon, on confine la Mosquée à Argenteuil et on laisse le reste du pays sous influence de l'Église. Telle n'est certes pas l'ambition de Tariq Ramadan et de ses amis... »

De sa main pâle, l'étranger tire les poils de sa barbe et remarque :

« Idée intéressante. Cet éveil brusque de la Mosquée peut-il provoquer une guerre des religions ? Certains ont même évoqué une guerre des civilisations. À tort. Aujourd'hui, en pleine mondialisation, toutes les cultures sont si étroitement entremêlées qu'une attaque contre l'une d'elles relève du suicide collectif. Les religions, contrairement à ce que l'on essaye de nous faire croire, elles, ne se mélangent pas. On peut admirer en même temps Homère, la Bible et saint Augustin. On ne peut pas fréquenter avec la même piété la Mosquée, l'Église et la Synagogue. Les religions sont jalouses et exclusives. Peuvent-elles coexister ? À condition qu'aucune d'entre elles ne domine les autres. Tout individu qui adhère à une religion est persuadé d'être dans le vrai, le seul vrai au monde. Dieu lui parle. Comment accepterait-il en même temps et au même endroit une autre vérité ?

« Le Coran dit : "Allah est le seul Dieu ; il n'y a point d'autre Dieu que Lui, le Vivant, l'Immuable. Ni l'assoupissement ni le sommeil n'ont de prise sur Lui. Tout ce qui est dans les cieux et sur la terre Lui appartient." Et la Torah qui le précède de quelque trois mille ans ne dit rien d'autre : "C'est moi le Seigneur ton Dieu [...]. Tu n'auras pas d'autres dieux face à moi [...]. Tu ne te prosterneras pas devant ces dieux et tu ne les serviras pas, car c'est moi le Seigneur ton Dieu, un Dieu jaloux, poursuivant la faute des pères chez les fils et sur trois et quatre générations – s'ils me haïssent – mais prouvant sa fidélité à des milliers de générations – si elles m'aiment et gardent mes commandements." »

Il rit.

« La demande est légitime, dis-je. Légitime de la part de Dieu. Comme le dit joliment Paul Claudel : "Ce n'est pas ma faute si Dieu existe." »

Le rire de l'étranger s'amplifie. Je poursuis :

« Évidemment, on peut trouver, si on se donne la peine de chercher dans les livres sacrés, une phrase par-ci, une phrase par-là qui manifestent une tolérance à l'égard des autres religions et des hommes qui prient d'autres dieux. Ainsi, Michée : "Si tous les peuples marchent au nom de leurs dieux", laissons-les faire. Nous, "nous marchons au nom du Seigneur, notre Dieu à tout jamais". Et le Coran dans *Les Troupeaux* : "N'insultez pas ceux qui prient en dehors d'Allah !" »

Je surprends l'étranger en train de regarder sa montre. Je reçois ce geste comme une trahison :

« Vous êtes pressé ? »

Il se tasse légèrement sur le banc comme un enfant pris en faute :

« J'ai en effet un rendez-vous, mais beaucoup plus tard...

— Encore un homme qui partage avec vous ses colères ? »

Il sourit :

« Ce que je vais vous dire va certainement vous flatter : à ma connaissance, vous êtes le seul à posséder autant de colères. La personne que je dois rencontrer a besoin, elle, de consolation.

— Vous aimez les confessions ?

— La confession est dangereuse : s'il est vrai que l'on oublie sa faute quand on l'a confessée à un autre, d'ordinaire l'autre ne l'oublie pas. »

Et, levant vers moi la tête :

« Revenons à vos colères. »

Je me demande un instant si je dois continuer. Je reprends :

« Les humanistes voudraient voir les hommes des différentes religions coexister et même s'aimer : ils sont prêts à aménager le passé et, à la limite, à le falsifier afin de leur donner une histoire en exemple. Voilà encore un sujet qui me met en colère. En cachant au malade la gravité de sa maladie, on ne le protège point de la mort. Pis, cela gêne le médecin dans ses soins. C'est à mon sens l'erreur qui a été faite, malgré quelques éléments historiques vrais mais épars, avec le mythe de l'Âge d'or dans les califats d'Andalousie. Tout le monde connaît la référence, mais qui a lu l'histoire ? Cela vaut la peine de s'y attarder.

« En l'an 711, sept mille cavaliers composés en majorité de Berbères juifs islamisés, sous la conduite de Tarik Ibn Ziyad, traversent le détroit d'Hercule et affrontent, à Jerez de la Frontera, l'armée des Wisigoths chrétiens. Les Berbères gagnent la bataille et rebaptisent le détroit *Djebel Tariq* : Gibraltar. Les Juifs, nombreux en Espagne d'alors, persécutés par les Wisigoths chrétiens, accueillent les Berbères en libérateurs. Les Wisigoths, eux, dans leur grande majorité, se convertissent à l'islam et deviennent mozarabes.

« Tariq Ibn Ziyad n'est pas un chef religieux mais un militaire. Il veut organiser le territoire conquis. Il a besoin d'aide. Il charge les Juifs d'installer une nouvelle administration, de développer le commerce et de penser une diplomatie. On construit des mosquées, des synagogues. Moins d'églises car la plupart des chrétiens se sont repliés dans les provinces de Navarre, León et Galice, d'où partira, quelques siècles plus tard, la *Reconquista*.

« En 756, la dynastie syrienne des Omeyyades, chassée d'Orient, prend le pouvoir en Espagne. Rivalisant avec son ancien ennemi, elle ambitionne de transformer Cordoue en un nouveau centre culturel du monde arabe. Les Juifs et les Chrétiens y jouent un rôle primordial. La littérature se développe. La poésie aussi, et le théâtre. La grande bibliothèque de Cordoue compte alors plus de quatre cent mille volumes.

« Tant que, pour exciter la jalousie de l'Orient, les califes de Cordoue, de Séville et de Grenade eurent pour ambition de développer la puissance militaire, la richesse et la culture, les "trois nations" fraternisèrent. À l'ombre des califats se développèrent une littérature et une philosophie juives en hébreu et en arabe qui marquera l'Histoire. Ce fut alors que le poète Ihouda Hallevy inventa l'expression "l'Âge d'or de la culture juive". Il écrivit des livres en arabe et des poèmes en hébreu : des chants d'amour pour la terre d'Israël.

« Quelques années plus tard, en 1147, les Almohades venus du Maroc envahissent l'Andalousie. Ce sont des sectaires – les islamistes de l'époque. Ils reprochent aux califes de ne pas respecter les règles du Coran et des hadiths. Ils brûlent la bibliothèque, détruisent églises et synagogues. Ils transforment l'Andalousie en *Dar al-Islam*, la "terre d'Islam". Moïse Maïmonide, le plus grand des philosophes juifs, celui-là même qui, avec son ami ibn Ruchd Averroès traduisit en arabe l'œuvre d'Aristote, est forcé de se convertir. Bien d'autres en font autant. Méfiants envers ces nouveaux croyants, les Almohades les obligent à porter un insigne distinctif : un bout d'étoffe jaune. Déjà ! Seule Grenade laisse ses Juifs prospérer un temps encore.

— Ouf ! fait l'étranger. Et du côté chrétien ?

— Curieusement, du côté chrétien, la situation est identique. Tant que les rois de Castille comme Ferdinand II et Ferdinand III menèrent une guerre nationale de reconquête contre les Arabes, ils se firent appeler : "rois des trois religions". C'est seulement quand leurs héritiers transformèrent cette guerre en une guerre de religion et se donnèrent le titre de Rois Catholiques que la persécution contre les Juifs et les Musulmans s'engagea. Ce sectarisme engendra la théorie de la *puresa del sangre*, la "pureté de sang" et l'Inquisition. Enfin, en 1492, la Reconquête achevée par la prise de Grenade, Isabelle la Catholique expulsa définitivement les Juifs d'Espagne. Les Juifs et les Musulmans.

« L'histoire est terrifiante et la leçon lumineuse : seul un pouvoir séculier est capable d'accepter et de protéger différentes religions. De leur côté, les religions ne peuvent s'accepter mutuellement que sous la contrainte d'une autorité civile sur laquelle elles n'ont, et pour cause, aucun pouvoir. »

L'étranger resta un moment sans rien dire. Des petits enfants traversèrent le square, accompagnés de deux jeunes maîtresses. C'est fou comme ces gamins ressemblent déjà à ce qu'ils seront dans vingt ou trente ans !

L'étranger se lève :

« Cette fois, je dois partir. »

Il hésite :

« Vous ne m'avez pas encore parlé de l'antisémitisme. Il ne vous met pas en colère ?

— Demain, dis-je.

— Alors, à demain », répond-il.

La haine de l'un
n'est pas la haine de l'autre

Cinquième matin

Je me bats contre le racisme, je me bats contre l'antisémitisme. Et pourtant, l'association automatique de ces deux mots me met franchement en colère. Cette fois contre moi-même. Avec quelques autres, nous avons souvent formulé un mélange de bonnes idées et de bons sentiments, parfois contradictoires, sur le sujet. Nous soutenions, à raison, que Juifs et Arabes étaient égaux dans la souffrance. Mais lorsque nous prétendions que les persécutés de tous les pays devaient se donner la main, cela ne nous engageait pas à grand-chose. Chacun approuve, par exemple, la loi Kouchner sur le droit des malades. Pourtant cette loi juste n'est faite ni pour soigner ni pour éclairer la médecine : elle permet aux malades de défendre leurs intérêts. Pareillement, nos proclamations et nos bonnes intentions n'apportaient pas de remèdes. En outre, en mélangeant le racisme et l'antisémitisme, deux épidémies contagieuses mais aux virus dissemblables, nous n'avons enrayé ni l'une ni l'autre.

On a longtemps accusé les religions d'être à l'origine du racisme. Bien sûr, elles ont souvent imposé leur pouvoir au détriment d'autres religions plus faibles. Usant de tous les moyens, de tous les arguments, y compris le racisme, elles ont par ce biais entretenu et amplifié à travers les âges la haine de l'autre. Sont-elles à l'origine de cette pandémie ? L'Église catholique est-elle à la source de l'antisémitisme ? Ce mal lui préexistait. L'Église, en reprenant l'idée de la Torah selon laquelle Dieu a créé l'homme à Son image, affirme de fait l'égalité des hommes et dénonce, par conséquent, l'antisémitisme qui se manifeste déjà, il faut le reconnaître, bien avant l'avènement du Christ. Le prêtre égyptien Manéthon nous livre, dans un texte paru au début du IIIe siècle avant notre ère, toutes les accusations contre les Juifs que l'on trouve encore chez les judéophobes contemporains. Sans parler d'Apion, ce polygraphe alexandrin qui, au Ier siècle, a réuni dans un ouvrage tous les mythes antijuifs qui auraient pu nourrir le *Mein Kampf* d'Hitler. C'est contre ce livre que l'historien juif Flavius Josèphe a écrit un pamphlet admirable, *Contre Apion*. Le mot « racisme », lui, apparaît pour la première fois à la fin du XIXe siècle, sous la plume du comte Joseph Arthur de Gobineau, un Français. La haine de l'autre, en revanche, la haine qui se fonde sur la différence, remonte, elle, bien au-delà de la naissance du monothéisme : elle ne se distingue pas des origines de l'humanité.

Si, comme le disait Marc Bloch, « tout homme recherche dans l'autre le reflet de sa propre image », imaginons la surprise de ces tribus qui se mirent en marche à la recherche de pâturages ou, plus tard, celles des premiers voyageurs – géographes ou marchands – qui découvrirent une humanité aux apparences, aux coutumes, aux mœurs, aux hiérarchies, aux dieux différents. Création du diable pour les Blancs, les Noirs craignaient les Européens qui maniaient la foudre et apportaient le malheur et les maladies. Et la rencontre perpétuelle avec l'Asie ? Il est passionnant de relire les *Pérégrinations* d'un pirate portugais, Fernão Mendes Pinto qui, en 1537, découvre Sumatra, le Siam, la Chine et le Japon. Dans son témoignage, il raconte comment la peur de l'inconnu forge la méfiance et démontre que la résistance à notre mode de vie et à nos certitudes fait surgir en nous une haine collective de l'autre.

Même les écrits de Christophe Colomb, considéré pourtant comme un marrane, un Juif caché, n'échappent pas à la fascination et à la peur que suscite une civilisation inconnue. Dans ses mémoires, devenus au début du XVIe siècle le premier best-seller, on surprend une curiosité malsaine pour les indigènes et leur sexualité en particulier. Face à sa découverte, il ne peut s'empêcher d'affirmer la supériorité de la culture qu'il représente. État d'esprit instrumentalisé à travers l'Histoire au service des intérêts politiques, religieux et économiques et qui, le plus souvent, déboucha sur la persécution et la mort. Quand, envahissant l'Amérique centrale et l'Amérique du Sud, les Européens massacrèrent ou firent périr les Indiens par dizaines de milliers, l'Église ne protesta guère : elle en était à se demander si les hommes à la peau cuivrée avaient une âme.

Le racisme tue au même titre que l'antisémitisme. Les victimes de ces deux fléaux ont connu un sort identique lorsque la doctrine de la pureté de sang s'imposa en Espagne avec la *Reconquista* contre les Maures. L'Inquisition prit le pouvoir. Pourtant, les motivations et les objectifs des assassins ne sont pas les mêmes selon qui ils tuent...

C'est en ces considérations que l'étranger me surprend. Son visage est fatigué comme sa redingote. N'a-t-il pas dormi ? N'a-t-il pas mangé ? J'ai envie de le lui demander, mais je me retiens. C'est une aventure que d'entrer dans la vie de quelqu'un. Dieu seul sait par quel torrent l'on peut être emporté. Jusque-là, nous avons respecté un accord tacite : ne pas dépasser, sur le plan topographique, le carré du square des Vosges, ne pas aborder les sujets qui n'ont aucun lien avec mes colères. Je préfère considérer l'inconnu comme un être venu de nulle part que le hasard a placé sur ma route : le destin, auraient dit les Grecs. Après avoir écouté un bref résumé de mes réflexions, l'étranger me demande :

« Comment différenciez-vous alors l'antisémitisme et le racisme ? »

C'est la question que j'attendais.

« Le racisme, c'est la haine de l'autre – de l'autre parce que dissemblable. L'antisémitisme, lui, exprime la haine de l'autre parce que trop semblable. Les Juifs sont blancs parmi les Blancs, noirs parmi les Noirs, indiens parmi les Indiens, à Bombay, à Cochin, au Malabar, où on les appelle *bneï-Israël*, chinois parmi les Chinois ; on en retrouve encore les traces à Honan, à Kaifeng... Physiquement, ils ne se distinguent pas de la majorité de la population au sein de laquelle ils vivent : ils en paraissent aux yeux des antisémites plus inquiétants encore. "Ils ne sont pas des nôtres, écrivait Apion, mais ils s'adaptent à notre mode de vie comme un caméléon." "Ils se dissimulent", note Tacite. Le Coran les traite d'hypocrites.

— Aïe, aïe, aïe ! dit l'inconnu. Instructif... »

Son « Aïe, aïe, aïe ! » me fait sourire. Il me rappelle mon grand-père Abraham. Dans sa bouche, c'était une exclamation admirative. Quand son enthousiasme débordait des trois « aïe », il en ajoutait trois autres. À la demande de l'étranger, je continue.

« L'existence du peuple juif pose plusieurs problèmes. Si le judaïsme se réduisait à une religion, cela irait de soi. En fait, ce sont les Juifs laïcs qui dérangent le plus. Qu'un homme se veuille exclusivement allemand, russe ou français, il suffit de faire appel à son patriotisme territorial, à son affectivité nationaliste pour le faire marcher au pas. Chaque dimension supplémentaire, culturelle ou religieuse, surtout quand elle est minoritaire, rend l'individu plus complexe et plus difficile à convaincre ou à manipuler. Voilà pourquoi les systèmes totalitaires détestent les hommes multiples, se défient des intellectuels, des émigrés, de tous ceux qui accèdent ou ont accédé à d'autres horizons et d'autres cultures. Si les Juifs sont multiples par essence, Français et Juifs tout d'abord, religieux ou pas par la suite, ils ne paraissent jamais déracinés parce qu'ils sont enracinés dans le Livre. C'est à travers le texte qu'ils dialoguent entre eux, retrouvent une histoire et des valeurs communes.

« Les racistes ont utilisé à travers les âges tout un arsenal de persécutions : esclavage, exil, conversion forcée, massacres, extermination... Les antisémites n'accordent aucune confiance aux Juifs convertis, pas davantage aux massacres limités. Ni même aux ghettos, invention d'un doge de Venise en 1516. L'exil sied aux Juifs, pensent-ils. Arrachés à un lieu, ils se ressourcent dans le Livre. C'est en brûlant leurs livres que les antisémites essayent régulièrement de les couper de leurs racines. Et, quand ils le peuvent, ils brûlent aussi les corps, individuellement ou en masse. Bref, l'antisémite, ou plutôt l'antijuif – car l'Arabe est aussi sémite –, ne se fait aucune illusion : il n'essaye pas de récupérer les Juifs car il sait, avec Bernanos, que "pour les Juifs, vaincre c'est durer".

— Et le racisme ?

— Depuis mon enfance, je me suis constamment opposé à ceux qui jugeaient l'autre non pas pour ce qu'il était mais pour ce qu'il paraissait. Curieusement, dans notre bande de voleurs à Kokand, la conscience d'appartenir à un groupe pourchassé, craint et haï surpassait notre appartenance ethnique. Aussi, entre les Ouzbeks, les Russes, les Tatares et les Juifs, il n'y avait jamais de problèmes.

« Ce n'est malheureusement pas le cas dans nos banlieues. La rage des pauvres contre l'État est grande mais, impuissants, ces derniers la reportent sur les pauvres d'autres communautés. Aussi le racisme s'exprime-t-il plus violemment entre les membres de la même catégorie sociale.

« En vingt-deux ans de collaboration entre SOS Racisme et l'Union des étudiants juifs de France, nous n'avons pas su créer, ne serait-ce que dans une seule de nos banlieues, une vraie solidarité de groupe, une solidarité entre les faibles. C'est que nous avons d'une certaine manière échoué. Malgré nos bonnes intentions, notre discours n'était pas clair.

— N'êtes-vous pas un peu sévère ? demande l'inconnu.

— La colère force l'exagération, mais souvent ce n'est qu'un orage d'été qui rend la campagne plus verte et plus belle.

— Le Rabbi disait : "Tu veux du feu ? Cherche-le dans la cendre." »

Je ris :

« Cette fois, c'est vous qui exagérez ! Le mouvement antiraciste n'est pas en cendres. Le feu, l'enthousiasme, font encore tourner les turbines. SOS Racisme, après avoir fait un travail considérable, a encore un bel avenir devant lui. Mais si je suis en colère, c'est que nous n'avons pas atteint nos objectifs. Or si le dard du faible n'est pas émoussé, il agit d'abord contre les autres faibles. »

Après réflexion, j'ajoute :
« Vous avez cependant raison de me reprendre. Nous avons tout de même changé les mentalités. Aujourd'hui la plupart des racistes n'osent plus revendiquer leurs idées : ils en ont honte. »

Femmes, cassez la baraque !

Sixième matin

Ce matin, il fait frais. Je grelotte. Les oiseaux font un vacarme tout particulier. Malgré l'heure matinale, une foule de jeunes Allemands attend l'ouverture de la maison de Victor Hugo. Leur guide leur apprend que la place, dont la construction a été décidée par Henri IV, fut inaugurée par son fils Louis XIII en 1612. Place Royale jusqu'à la Révolution, elle fut nommée place des Fédérés en 1792 puis place d'Indivisibilité en 1793 et enfin, en 1800, place des Vosges en l'honneur du département qui, le premier, s'était acquitté de ses impôts.

L'étranger est déjà là. Tête levée, il ausculte le ciel. Que peut-il y découvrir ? Au bruit de mes pas, il se retourne et, de manière inattendue, me demande :

« Votre mère était une poétesse yiddish, n'est-ce pas ? »

Va-t-il rompre notre pacte en me posant des questions trop personnelles ? Ma surprise le fait sourire. Il s'explique :

« J'ai vu votre film, *Les Justes*. On y entend l'un de ses poèmes mis en musique. Votre mère y évoque le ciel : "Au-dessus des nuages gris, il y a toujours un ciel bleu." Pour écrire cela pendant la guerre, il fallait être une sacrée optimiste ! »

L'homme se tait. Devine-t-il qu'il suffit que l'on évoque ma mère pour que je tombe dans le piège et perde tout sens critique ?

« Ma mère s'appelait Perl. Elle était belle et poétesse. Poétesse et belle, deux qualités depuis toujours parfaitement mariées dans mon esprit. Aussi loin que je me souvienne, je la vois en train d'écrire en yiddish et je l'entends réciter les poèmes des autres en polonais, en français ou en russe. Et aussi loin que je me souvienne, elle était belle, réellement belle : l'admiration que je lui portais, beaucoup trop d'hommes la partageaient, malheureusement. J'étais jaloux. J'étais même plus jaloux que mon père pour qui le succès de sa femme était comme un hommage à la qualité de son choix, une justification permanente de son amour. Je ne connais pas à ma mère beaucoup d'aventures. Elle qui préférait le succès littéraire aux hommes resta, je crois, jusqu'au bout, attachée à mon père. Ma mère était brune. Elle avait des yeux noirs et étirés, souvent moqueurs, parfois nostalgiques, des traits réguliers, le nez retroussé. Mais ses pommettes saillantes évoquaient le vent sur des plaines sans histoire et faisaient naître en ceux qui l'approchaient l'inquiétude douce et le désir des grands voyages. Elle était menue. En la voyant, on ne devinait pas la force qui l'habitait. On la croyait fragile, timide, certains s'imaginaient même pouvoir facilement la dominer, mais elle renversait les rôles gentiment, sans esclandre, avec un sourire, en donnant à croire que c'était mieux ainsi pour tout le monde. Petite fleur pâle qui vit le jour entre les pierres grises d'une énorme cour populaire de la rue Swientojorska à Varsovie, facilement transplantable et souvent transplantée, refleurie et épanouie à Paris, ma mère tenait les étamines et le pistil sur lesquels se posaient les papillons. Toutes les grandes décisions de la famille, c'est elle qui les a prises. Surtout celles qui nous ont, par trois fois, sauvé la vie : la fuite du ghetto vers la Russie, le départ de la Russie pour la Pologne et la fuite de la Pologne pour la France. Ma petite sœur Bérénice est morte de faim pendant la guerre. Cela a dû, j'imagine, affecter profondément ma mère. Pourtant elle ne m'en a jamais parlé. Une seule fois, en écoutant la radio, je l'ai entendue prononcer le prénom de Bérénice – et il ne s'agissait pas de celui de la fille d'Hérode Agrippa. La mort de mon père l'a déstabilisée. Elle l'aimait, mais ce fut surtout son regard amoureux, ce miroir magique, qui lui manqua au moment même où elle en avait le plus besoin : la veille d'un automne. Ma mère m'a transmis l'amour de la tradition ainsi que le goût de la mise en scène. Quand elle allumait les bougies le vendredi soir pour le chabbat, elle rendait hommage aux générations qui nous avaient précédés et qui avaient maintenu ce geste comme un appel à la vie ; mais elle saluait aussi la simple beauté du geste et la singularité de la situation. "Ne déplace pas la borne antique", disait le roi Salomon. "Mais où la porterait-on, ô mon Dieu ? demandait ma mère. Sauf si l'on tient à prendre un tout autre chemin." Ce n'était pas son cas. Cela ne l'empêchait pas de se plonger parfois dans Pascal ou Chestov. Mais c'est la poésie qui la passionnait par-dessus tout. Poésie faite de chants d'amour et d'appels incessants à Dieu. Ma mère avait beaucoup d'amis, ils sont venus à l'hôpital quand elle fut très malade. Mais dès qu'elle a senti la présence de la mort, ce contact "désagréable et apaisant", elle m'a demandé de ne plus les laisser entrer. Un jour, maquillée, pomponnée, le cadre du dernier acte enfin prêt, la dernière tirade apprise, elle les fit entrer à nouveau. Femme vieillie, femme affaiblie par la maladie, mais femme toujours belle et toujours consciente de ses devoirs. Admirable, elle a voulu ainsi, dans la plénitude, prendre congé d'eux. Il m'arrive aujourd'hui encore, tant d'années après sa mort, d'avoir envie de l'appeler, de lui rendre visite, oubliant, l'espace d'une seconde, sa disparition définitive. "La mère n'est pas l'oiseau qui pondit l'œuf, mais l'oiseau qui le fit éclore", disait le poète. »

L'inconnu m'écoute d'un air grave. Le soleil surgit de derrière un nuage. Pensant qu'il va commenter mon long monologue sur ma mère, je le prends de court :

« En yiddish, on dit que Dieu ne pouvant être partout, Il a créé la mère. Souvent, on oublie qu'une mère est aussi une femme. »

Vif, l'inconnu a aussitôt saisi où je voulais en venir :

« Comment peut-on parler des injustices qui nous révoltent sans parler des femmes, n'est-ce pas ?

— En effet, comment ne pas être révolté quand on apprend qu'une femme sur cinq est victime de violences physiques ou d'agressions sexuelles ? Selon des rapports officiels publiés aux États-Unis, une femme est battue toutes les quinze secondes et sept cent mille sont violées chaque année dans ce pays. En Inde, plus de quarante pour cent de femmes mariées sont frappées par leur mari. En Égypte, trente-cinq pour cent. On pratique encore le crime d'honneur en Irak, en Jordanie, au Pakistan, en Turquie...

« Comment, et à quel moment, ces femmes fières, puissantes, influentes, telles Sarah, princesse sumérienne, l'épouse d'Abraham, père du monothéisme, Tsippora, fille du prêtre madianite Jethro et épouse de Moïse, et même Marie, la mère de Jésus qui oblige son fils à se révéler, auxquelles j'ai consacré des livres, sont-elle devenues ces femmes soumises sous la plume des rédacteurs des Écritures et de toute une génération de commentateurs ?

— Alors ? demande l'inconnu, comme pour m'encourager. L'alourdissement des moyens de production, que les femmes n'arrivaient plus à manier, les aurait-elles reléguées à la cuisine et privées du droit de regard sur les décisions de la collectivité ? Certains le pensent. Je croirais plutôt que ce sont les religions qui ont répandu l'idée de la tentation féminine et de ses dangers : la femme comme une provocation du diable pour détourner les hommes de Dieu. Il faut relire saint Paul et plus encore saint Augustin. Ce sont eux qui introduisirent dans la pensée occidentale le concept de péché originel, marquant ainsi toutes les femmes pour l'éternité.

— Le rabaissement de la femme a de multiples causes. Les anciennes machines ont cédé la place à des appareils beaucoup plus légers, plus maniables, que la femme utilise avec autant d'agilité et de compétence que l'homme. Rien ne justifie donc que les salaires des femmes, pour un travail égal à celui des hommes, soient en France de quarante pour cent inférieurs.

« La révolte des femmes est fondée, ma colère aussi. Déjà au XVIe siècle, Montaigne donnait raison aux femmes de se "rebeller contre les lois parce que nous les avons faites sans elles". Qui pourrait aujourd'hui prétendre qu'un aménagement de notre société, qu'un quelconque progrès serait possible sans l'émancipation des femmes – notamment dans les pays qui vivent sous la loi de l'islam ?

« J'ai grandi à l'ombre des minarets et ma colère d'aujourd'hui se nourrit encore de ma colère d'hier, celle de mon enfance ouzbeke, à la frontière afghane. J'étais exaspéré à la vue de ces hommes contents d'eux, assis à califourchon sur des nattes couvertes de tapis dans les tchaïkhana, les caravansérails, fumant le narguilé et buvant du thé vert tandis que leurs femmes se tuaient au travail. Depuis l'aube, elles filaient la laine dans leurs modestes maisons de terre glaise ou transportaient sur leurs têtes de lourds sacs de marchandises. Je voyais leurs silhouettes cachées jusqu'à la plante de leurs pieds par une burqa où était découpée à la hauteur des yeux une minuscule fenêtre quadrillée aux barreaux en crin de cheval.

« Nous, les gosses, nous nous amusions à deviner l'âge de la personne qui se cachait derrière cette prison ambulante. Un jour, une jeune fille voilée, la sœur de l'un de mes camarades, nous a expliqué que la burqa qui couvre une fille excite davantage les hommes que la semi-nudité des danseuses du ventre dans les cabarets de la ville haute. Cette jeune fille portait un voile qui découvrait son visage et ses grands yeux vert émeraude. Est-ce pour cela que je suis moins affirmatif que la plupart de mes amis sur l'interdiction du voile dans les espaces officiels de la République ?

« En revanche, je reste ferme sur le principe "la loi de ton pays est ta loi". Je ne transigerai pas sur les devoirs de ces jeunes filles envers leur nouvelle patrie et le respect de ses institutions.

— Vous n'êtes pas pour l'interdiction du foulard islamique ?

— Peu importe le choix vestimentaire. L'uniforme obligatoire pour tous les lycéens de la France d'avant-guerre n'est plus concevable. En nous fixant sur un symbole, nous oublions souvent le reste et d'abord le mépris des droits de la femme au sein même de la famille musulmane. Bref, que vaut-il mieux : qu'une fille voilée apprenne les principes de la démocratie ou qu'elle enlève son voile et accepte les règles de l'islam extrême ? Dans le premier cas, il y a beaucoup de chances qu'elle quitte un jour le voile, dans le second, qu'elle le remette d'elle-même.

« Combien de jeunes Musulmanes manifestent le foulard sur la tête avec l'organisation Ni putes ni soumises, que je parraine, pour exiger les droits de la femme et l'émancipation de l'islam ? L'islam, comme toutes les autres religions, n'est capable de se réformer que de l'intérieur. La femme ne pourrait-elle pas, là comme ailleurs, être à la source de ce changement ?

« Azam Taleqani, directrice de *Pajam-é-Hajer*, une revue féminine publiée à Téhéran, écrit : "Les hommes devraient réévaluer la situation des femmes, mais je me soucie de l'ensemble de la société musulmane et pas seulement des femmes." Marx, lui, pensait que si une classe laissée pour compte – il s'agissait alors du prolétariat – retrouvait ses droits et tout d'abord le droit de regard sur l'utilisation des moyens de production, la société allait se transformer de fond en comble. C'est plus vrai encore des femmes qui représentent, ne l'oublions pas, plus de la moitié de l'humanité. J'ai toujours pensé que les fondations d'une maison ne reposaient pas sur le sol, mais sur une femme. N'en est-il pas de même pour un pays ? »

L'étranger approuve d'un hochement de tête. Je poursuis :

« Dans le cas de la femme, il ne s'agit pas seulement de l'associer aux affaires de l'État – certaines d'entre elles le sont déjà –, mais de faire accéder aux décisions de l'État, grâce à elles, toutes les sensibilités qui le composent. Nicolas Sarkozy, par exemple, en voulant introduire après son élection à la présidence de la République la parité hommes-femmes dans le gouvernement, a été amené, tout naturellement, à penser aussi aux minorités culturelles et ethniques qui représentent la France d'aujourd'hui. »

L'étranger m'écoute en silence. J'ai envie de lui demander s'il est marié, mais ça serait rompre notre contrat. J'attends sa réaction. Soudain, à ma grande surprise, il se lève comme au théâtre et récite :
« "Qui est celle qui toise comme l'aurore
Belle comme la lune,
Brillante comme le soleil,
Terrible comme ces choses insignes ?"
— Cantique des Cantiques ?
— À demain », dit l'étranger.
Il me quitte, un sourire satisfait sur les lèvres.

Le chantage des écolos

Septième matin

Aujourd'hui nous arrivons en même temps devant le portillon qui s'ouvre sur le square des Vosges.

« Nous avons débordé le camp », dis-je.

Il rit :

« Quand vous parlez du camp, je me demande à quoi vous faites allusion.

— Cette fois, je ne pense qu'à notre carré de campagne.

— Savez-vous ce que disait votre ami Ionesco sur la campagne ? Que l'air y est pur parce que les paysans dorment la fenêtre fermée. »

Il rit encore. Je remarque qu'il a de toutes petites dents. Nous arrivons devant la statue de Louis XIII et mon étranger prend sa place habituelle. Que se passera-t-il le jour où quelqu'un aura occupé « son » banc avant lui ?

« En parlant de la nature, vous venez de mettre le doigt sur une de mes colères. Cela vous étonne ? Diriez-vous que personne n'est aujourd'hui assez pervers, assez méchant ou inconscient pour vouloir détruire notre écosystème ? N'avons-nous pas, individuellement et collectivement, la responsabilité de la faune et de la flore qui nous entourent ? N'avons-nous pas nommé, donc fait exister, les plantes, les arbres, les poissons et même le dernier des moineaux ? Et pourtant, il y a des moments où l'on ne peut pas ne pas se mettre en colère.

— Pourquoi, mon Dieu ?

— Par exemple à la vue de ces paysans riches, visiblement bien nourris, sûrs d'eux, arrachant le maïs transgénique puis le piétinant avec rage comme s'il représentait le symbole même du nazisme. Pourquoi cet acharnement ? À qui pensent-ils en le faisant ? À nous, hommes rassasiés ? Ont-ils réellement peur que ce maïs nous fasse mal à l'estomac ? Ou défendent-ils tout simplement leurs intérêts, le prix de leur propre production ? Si la générosité les démange, pourquoi ne se préoccupent-ils pas de ces millions d'enfants squelettiques, le ventre gonflé par la faim, que ce maïs, dix fois moins cher que le leur et qui n'a pratiquement pas besoin d'insecticide ou d'eau, aurait pu soustraire à la mort ? Pensent-ils parfois, paradant sur leurs tracteurs neufs, à toutes ces vies que les produits transgéniques pourraient sauver ? Je suis partagé entre le rire et les larmes. Je me revois là-bas, en Asie centrale, petit squelette ambulant, à manger les bouses de vache que mes camarades et moi avions séchées au soleil comme des galettes. Cette nourriture de fortune n'était pas plus saine que le maïs transgénique. Elle nous a sauvé la vie.

— Cette nourriture n'était pas plus saine, mais elle était en tout cas plus écologique ! Je ne vous apprends pas que l'écologie n'est pas une idée neuve. Elle apparaît en 1869 dans les études du biologiste allemand Ernst Haeckel qui s'occupait des relations entre les organismes et leur environnement, et des méfaits de la société industrielle inspirée par une conception dominatrice de l'homme. »

Je l'interromps :

« Ne pensez-vous pas que la défense de la bonne nature contre l'homme et sa culture apparaît comme une revanche sur Moïse qui, le premier, il y a trois mille cinq cents ans, opposa la culture à la nature ? Il ne niait nullement l'importance de la nature pour l'homme mais il voulait libérer l'homme de la terreur qu'elle lui inspirait. Se soumettre à nouveau à la nature, la penser immuable, croire que tout changement dans l'écosystème présente un danger pour l'homme, c'est relever les idoles qui faisaient tant peur à nos ancêtres et que Moïse avait condamnées. Comment ne pas s'indigner devant la forme radicale de certains mouvements écologistes qui rêvent de nous imposer une nourriture naturelle, des vêtements naturels, des comportements naturels ? Ce romantisme pervers de l'environnement me rappelle parfois les "Chemises brunes" et leurs randonnées en Forêt-Noire où ils "s'enivraient de la force de Dieu dans la nature". Marx n'avait pas tort de critiquer l'idée d'une "nature humaine invariable" qu'il jugeait idéologique et qui falsifiait la réalité pour servir une domination sociale. Il aurait pu parler aussi des intérêts économiques. L'invasion de produits dits naturels le prouve : "Mangeons comme nos ancêtres les paysans", ordonnent les publicitaires.

— Mais vous ne pouvez pas nier le danger que représentent les désordres écologiques pour le genre humain ! Quand l'homme en est la cause, il faut y remédier d'urgence. Il y a plus d'un siècle déjà, en 1896, un savant suédois, Svante Arrhenius, travaillait sur le mécanisme physique de l'effet de serre. Il expliquait que la combustion massive de carbone fossile, le seul charbon à son époque, allait augmenter la teneur en gaz carbonique de l'air et faire grimper la température. Il ne s'était pas trompé. »

Je m'étonne :

« Curieux, ce que vous dites. Je vous aurais vu plutôt parmi ceux qui s'en remettent à Dieu, à l'Éternel.

— Dieu a créé l'univers, la terre, la mer, reprit l'inconnu, et il a créé l'homme pour qu'il en prenne soin. Les écologistes n'ont pas tort : c'est à l'homme de se préoccuper de la nature.

— Supposons que nous puissions répondre à leur préoccupation en fermant à travers le monde toutes les usines polluantes et en interdisant la voiture dans nos villes. Cela empêcherait-il le réchauffement de la planète, la fonte des glaciers aux pôles Nord et Sud et la montée des océans ? Cela pourrait ralentir le processus. Et après ? Qui se préoccupe non pas du ralentissement de la maladie mais de sa guérison ? Qui pense à la vie après la maladie ? On m'annonce que j'en ai pour six mois à vivre et que si j'acceptais de cesser de boire, de faire l'amour, de lire les livres, de manger et de regarder la télévision, toutes causes de la montée de ma tension, je gagnerais quelques jours de plus. Je reconnais que chaque heure de vie est un cadeau. Sauf que ce cadeau-là risque bien d'être empoisonné par la conscience de ma mort prochaine. Oui, il est dangereux de désespérer l'humanité.

« Alors que faire, hors les privations qu'on nous demande ? N'y a-t-il d'autres remèdes pour sauver la planète ? Où en est la recherche ? Où est ce génie humain auquel je crois profondément ? Si d'ici à vingt ans le niveau des océans doit monter de soixante centimètres et ravager tant de côtes, pourquoi ne commence-t-on pas, dès à présent, à construire des digues ? S'il est vrai que nous allons manquer d'eau, pourquoi ne construisons-nous pas des bassins, des lacs artificiels, pourquoi ne créons-nous pas des canaux pour capter les sources des montagnes et ne posons-nous pas des pipelines pour transporter l'eau potable d'un pays à l'autre comme nous le faisons avec le pétrole aujourd'hui ?

« Il n'est pas bon de brider l'intelligence de l'homme, il vaudrait mieux l'encourager. La situation n'est pas nouvelle, le climat de la Terre a souvent changé depuis la création du monde. Platon raconte dans *La République* comment une brusque montée des eaux dans la mer Égée a englouti, en quelques secondes, tout un continent : l'Atlantide. La Genèse décrit en détail un déluge dont la mémoire des hommes a gardé des traces jusqu'aux Indes. Nous savons que ce déluge a changé en quelques jours la face du monde.

« Qui se souvient de ce surprenant changement d'itinéraire du Gulf Stream, le courant d'eau chaude qui coula pendant des siècles le long des côtes sibériennes, dans l'océan Arctique, et avait transformé cet immense territoire, des monts Oural jusqu'à la frontière de la Chine, en un jardin fleuri ? Pourquoi a-t-il un jour dévié sa route, laissant la Sibérie dévastée, les populations fuyant vers l'Alaska et les animaux géants pris dans la glace ? Personne ne le sait. Il n'y avait pourtant ni usines polluantes ni centrales nucléaires ; aucun déchet ne souillait la mer d'Aral. La nature change, l'homme s'adapte.

— Ce n'est pas une raison pour abandonner notre destin. Les écologistes ont raison de nous alerter.

— Passe pour leurs questions, mais leurs réponses ne me satisfont pas. On ne sauve pas une espèce en voie de disparition en lâchant quelques ours dans les Pyrénées. L'initiative a coûté près de quatre millions d'euros et des centaines de moutons dévorés, à la fureur des bergers. Ces ours pourront-ils survivre dans leur nouvel environnement ? Nous n'en savons rien. Initiative dérisoire dans un monde en pleine évolution, au dire des écologistes eux-mêmes. Combien d'espèces d'animaux ont-elles disparu et combien d'autres sont-elles apparues depuis la naissance de la Terre ? L'homme se veut, avec Descartes, "maître et possesseur de la nature". Il doit en tout cas rester le centre de nos préoccupations.

« Pensons aussi à ceux qui ne vivent pas dans nos pays développés. Ils sont des milliards dans des zones arides. Ils sont pauvres et parce que pauvres, souvent ignorants, et parce que ignorants, ils font des enfants en masse. Le jour où ils n'auront plus une goutte d'eau dans leurs puits, que feront-ils ? Ils se mettront en marche à la recherche de l'eau, comme, il y a des siècles, l'ont fait leurs ancêtres à la recherche de pâturages. Alors aucun mur de séparation – ni celui que les Américains ont élevé entre la Californie et le Mexique pour empêcher les Latinos d'entrer aux États-Unis, ni celui que les Espagnols ont érigé dans la région d'Algésiras et de Gibraltar pour entraver l'arrivée massive des Africains en Europe –, aucune barrière ne protégera l'Amérique et l'Europe. La poussée d'immenses populations risque, plus sûrement que les méfaits du changement climatique, de détruire notre riche Europe de l'intérieur.

« Pourquoi ceux qui se préoccupent de la surpopulation n'appellent-ils pas à la mobilisation pour expliquer aux femmes africaines et asiatiques les bienfaits de la contraception ? Il y a autant d'urgence à réguler la démographie qu'à s'occuper de la séquestration du carbone. »

Un groupe de touristes russes nous perturbe, abusant des flashes de leurs appareils photographiques. Puis le groupe s'engouffre dans la rue du Pas-de-la-Mule. Le bruit des conversations flotte encore dans l'air. Il fait chaud, l'étranger ressort son mouchoir et soulève son chapeau. À ma grande surprise, sous sa calotte, il est parfaitement chauve. Pourquoi croyais-je qu'il avait une chevelure aussi fournie que sa barbe ? Je reprends :

« Je sais qu'aux yeux de mes amis, et peut-être aussi aux vôtres, je suis en train d'aggraver mon cas. Mais ne suis-je pas ici pour partager mes colères ? Quelques mots encore du clonage... Là aussi, la morale mal comprise, mal utilisée fait retarder l'application d'une découverte essentielle. L'homme peut aujourd'hui reproduire, grâce à des cellules souches qu'on prélève sur lui, des parties de son organisme. Si un jour une parcelle de notre corps se détraque, on la remplacera aussitôt par nos organes clones. Je schématise à dessein. Les belles âmes crient au scandale et condamnent le clonage qui pourrait, dans l'absolu, déboucher sur la reproduction artificielle des humains, par peur que quelqu'un s'amuse à fabriquer par millions des petits Hitler. Mais a-t-on besoin du clonage pour cela ? Rappelons le million de Tutsis au Rwanda découpés à la machette par des Hutus qui n'étaient pas clonés mais qui reproduisaient le geste d'un SS dans les villages juifs de Pologne. Regardons le Darfour...

« Vous savez comme moi que personne n'est jamais arrivé à empêcher l'homme d'utiliser ses découvertes. À bon ou à mauvais escient. À nous de faire en sorte que cette découverte serve l'humanité. L'interdire, c'est encourager son utilisation clandestine et abusive. Les Britanniques l'ont compris, pourquoi pas nous ? De plus, qui sait ? pour remplacer les moutons dévorés par les ours des Pyrénées et pour nourrir les millions d'hommes laissés pour compte, peut-être pourrons-nous bientôt cloner des moutons à bon marché, comme le maïs et autres légumes transgéniques.

« Je ne peux m'empêcher, en parlant de clonage, de penser à cette fameuse légende qui a tant fasciné les mystiques depuis le Moyen Âge et jusqu'à nos jours : l'histoire du Golem. »

L'étranger jubile, il est à son affaire :

« Savez-vous que la Bible nous parle du Golem dans le Psaume 139 comme d'une "masse informe" ? Le Talmud le présente comme un état préliminaire à la création d'Adam. La Cabale, elle, désigne ainsi une matière brute sans forme ni contour. C'est au XVIe siècle que le rabbin Maharal de Prague créa, avec la terre glaise, un bonhomme immense pour protéger la communauté juive des vexations permanentes et des massacres. Il lui insuffla la vie et l'appela Golem. La force de la créature était sans limites, son aspect surhumain. Le Golem chassait les antisémites qui s'aventuraient dans le ghetto. Bientôt, ceux-là n'osèrent plus venir. La vie de la communauté devint plus facile, paisible. Les Juifs utilisèrent alors le Golem pour les aider dans leurs travaux domestiques : pour puiser l'eau, couper le bois, porter de lourdes charges, nettoyer les rues... Les enfants se mirent à se moquer de lui, de son aspect fruste, de son incapacité à s'exprimer. Un jour, le Golem se fâcha et se mit à pourchasser les moqueurs. Affolés, les Juifs appelèrent à l'aide leur rabbin. Maharal ôta alors la vie au Golem. Celui-ci redevint un tas de terre glaise. »

L'inconnu se tait. Puis il pointe sur moi son index tout pâle :

« Je comprends votre colère : la légende entretient la peur devant le pouvoir créatif de l'homme et le risque qu'il contrarie un jour la création divine.

— Ne pensez-vous pas en revanche que cette parabole signifie qu'il faut laisser à l'homme le pouvoir de régler ses erreurs tout seul ? »

L'étranger lève les bras au ciel. Il a l'air d'un oiseau qui s'apprête à s'envoler :

« Vous restez un indécrottable optimiste, malgré vos justes colères ! »

Terrorisme ou la jouissance des imbéciles

Huitième matin

Je ne sais pas ce qui m'a pris d'allumer si tôt le matin la télévision. Encore et encore des morts en Irak, en Inde, en Israël... Quelques individus se font exploser, d'autres meurent par dizaines : le terrorisme.

Deux siècles après la Terreur de Robespierre et plus de cent ans après Netchaïev, personnage central des *Possédés* de Dostoïevski, le terrorisme tue toujours, et de préférence des gens qui n'ont rien à voir avec la politique. Aussi la haine que je porte à ceux qui sèment la mort éclate-t-elle ce matin-là devant mon interlocuteur avec plus de véhémence que d'habitude.

« À cela s'ajoute, dis-je, cette tendance détestable de nos intellectuels et de nos journalistes qui, avant de condamner, cherchent des explications, voire des excuses. Rien ne me met autant en colère que le mot "désespoir" utilisé après chaque attentat aveugle, à Bagdad, New Delhi ou Jérusalem. Rien ne m'indigne autant que la phrase "Il faut être désespéré pour en arriver là" qui accompagne souvent à la télévision les images des corps dévastés, y compris celui du kamikaze.

« Robespierre était-il un désespéré quand il écrivait : "La terreur n'est autre chose que la justice prompte, sévère, inflexible." ?

« Dans mon premier livre, *Le Fou et les Rois*, je racontais le délire destructeur qui m'avait saisi quand, arrivé à Paris, je découvris qu'en pleine occupation allemande on visitait le Louvre comme si de rien n'était, on allait au théâtre, y compris à la Comédie-Française, que l'Opéra était comble tous les soirs pendant que les miens se transformaient en poussière dans les fours crématoires. J'ai trouvé cela tellement injuste et révoltant que j'ai pensé un moment poser des bombes, comme pour faire disparaître ce que les millions de morts ne pourraient jamais voir.

« Il est vrai que dès que j'ai découvert le français, j'ai fait de la Déclaration des droits de l'homme ma kalachnikov. Je n'ai jamais pu admettre qu'au nom d'un idéal, quel qu'il soit, on se donne le droit d'ôter une vie ou d'asservir une existence. Je pensais et je continue à penser qu'aucune idéologie, aucun rêve, serait-il universel, ne vaut une vie humaine.

« Parmi les multiples auteurs que j'ai visités depuis, seul Chateaubriand paraît partager aussi complètement et sans aucune restriction ma colère : "Jamais le meurtre ne sera à mes yeux un objet d'admiration et un argument de liberté, écrit-il dans *Mémoires d'outre-tombe*, je ne connais rien de plus servile, de plus méprisable, de plus lâche, de plus borné qu'un terroriste." »

L'étranger avale mon flux de paroles sans broncher. Puis, à ma grande surprise, il se lève, fait quelques pas autour du banc sur lequel il avait laissé son châle de prière, se plante devant moi.

« Tu ne tueras point. »

Et, le doigt levé vers le ciel, il précise :

« C'est le sixième des dix commandements. »

Il se rassoit aussi prestement qu'il s'était levé. Puis il se met à nettoyer ses lunettes tout en parlant :

« La Genèse met en scène le meurtre d'Abel par son frère Caïn. C'est pour nous prévenir que chaque fois qu'on tue quelqu'un, c'est un frère que l'on assassine. »

Sa remarque pleine d'évidence a calmé d'un coup ma colère. Je me suis souvenu d'une soirée chez Marguerite Duras, rue Saint-Benoît à Paris. C'était le 20 décembre 1973, nous dînions en compagnie d'Edgar Morin. La radio annonça qu'en plein Madrid une bombe de l'ETA avait tué l'amiral Carrero Blanco, le successeur probable de Franco. Curieusement, la joie de Marguerite Duras et d'Edgar Morin m'a mis mal à l'aise. Carrero Blanco méritait certainement la peine capitale mais je ne voyais pas au nom de quel droit quelques individus avaient pu décider de son exécution.

« Le terrorisme moderne vit le jour en 1869 avec Netchaïev et son *Catéchisme révolutionnaire*, Kropotkine et les nihilistes russes. Le terrorisme contemporain, lui, est né dans les années 1960, parmi les révolutionnaires anticolonialistes d'Afrique du Nord. Bien avant la mondialisation des attentats comme de l'économie : à l'époque, chaque pays affrontait son terrorisme. En Espagne, l'ETA, tout en faisant la guerre contre le fascisme, poursuivait par ses actes terroristes un objectif national. Le terrorisme gauchiste ou fasciste qui frappa l'Europe des années 1970 marqua un changement de génération : nés dans l'après-guerre, ses auteurs rêvaient de révolutions ou de contre-révolutions sociales.

« À la suite des anarchistes du XIXe siècle, les organisations telles la Fraction armée rouge en Allemagne, les Brigades rouges en Italie ou Action directe en France partaient du principe que tout État est un État terroriste. Ils se donnaient dès lors le droit d'opposer la terreur à la terreur afin de contraindre les démocraties bourgeoises à révéler leur véritable visage et lancer une répression qui, par contrecoup, provoquerait enfin cette prise de conscience populaire si longtemps espérée. C'était pour eux le premier pas vers la révolution. Ils ne parvinrent cependant pas à ébranler leurs États ni à entraîner derrière eux une fraction notable de la classe ouvrière. Seuls des intellectuels, dont Jean-Paul Sartre, montrèrent une complaisante attention à leurs propos. Le philosophe est allé jusqu'à rendre visite à Andreas Baader en décembre 1974 à la prison de Stammheim en compagnie de l'avocat Klaus Croissant et de Daniel Cohn-Bendit.

« À cette époque, les dissidents soviétiques, en se mesurant à un empire autrement plus terroriste que les démocraties bourgeoises, ont – sans poser de bombes, et plus efficacement que nos écrits et nos critiques n'ont pu le faire – rendu la démarche du mouvement terroriste européen archaïque, obsolète et criminelle.

— Quand le terrorisme européen s'est-il identifié au camp palestinien ?

— À la fin de l'année 1968 et au début de l'année 1969 était apparue la seconde génération de terroristes en Allemagne, le Mouvement du 2-Juin (en souvenir d'une manifestation contre la visite du chah d'Iran à Berlin le 2 juin 1967 qui avait coûté la vie à un étudiant, Berno Ohnesup) et Lotta Continua en Italie... Ceux-là ne s'en prenaient plus seulement à l'État bourgeois mais aussi à sa mémoire. Pour marquer la rupture, une délégation du Mouvement du 2-Juin partit en Jordanie manifester sa solidarité avec les mouvements palestiniens en proclamant : "Nous sommes passés du Vietnam à la Palestine."

« Sur une piste désaffectée de Jordanie, en plein désert de Zarka, les gauchistes allemands rencontrèrent les marxistes du FPLP (Front populaire de la libération de la Palestine) qui venaient de détourner plusieurs avions de Swissair, de TWA et de la Panam. De retour en Allemagne, le jour de la célébration du trente et unième anniversaire de la nuit de Cristal, pogrom général des Juifs, le Mouvement du 2-Juin déposa une bombe dans une synagogue. Par chance, celle-ci n'explosa pas. Dans un tract trouvé sur les lieux, ils dénonçaient "l'impuissance théorique devant le conflit du Moyen-Orient, produit de la culpabilité allemande".

« Pour montrer qu'il avait passé le témoin aux camarades palestiniens, le mouvement décida de se dissoudre. En 1976, il fit paraître un livre de témoignages compilés par l'un de ses dirigeants, "Bommi" Baumann, sous le titre *Tupamaros Berlin Ouest*. La préface est signée Daniel Cohn-Bendit et Heinrich Böll. »

L'étranger ajuste ses lunettes :

« Savez-vous que le judaïsme, dans certaines circonstances, permet de tuer ? En cas de légitime défense, par exemple, pour sauver un homme poursuivi par un assassin – *rodef* en hébreu – ou pour empêcher l'accomplissement d'un crime, un viol.

— Je ne parle pas d'une situation où l'on est amené à tuer pour défendre la veuve et l'orphelin. Le terrorisme utilise le meurtre comme moyen politique ou idéologique. Je n'ai jamais goûté à ces joies, même quand les Juifs y eurent recours directement contre l'occupation britannique de la terre d'Israël. Les bombes posées par l'Irgoun et le groupe Stern, qui tuaient pêle-mêle les officiers britanniques et des passants innocents, me révoltaient. J'admirais en revanche le sang-froid des combattants de la Haganah et du Palmach qui prévenaient la population et même les familles des soldats britanniques de l'imminence d'un attentat. Comme j'admirais les récits de nos résistants à nous qui ne se sont jamais attaqués aux familles des officiers de la

Wehrmacht, pourtant nombreuses sous l'Occupation. Serait-ce la différence entre le terrorisme et la Résistance ? Question de morale ? C'était, je me souviens, l'avis de Lucie Aubrac.

« Le terrorisme contemporain a trouvé quelques repères dans le *Mini manuel du guérillero urbain* du Brésilien Carlos Marighela, le premier, peut-être, qui ait compris à quel point le terrorisme pouvait se servir des médias. Régis Debray a repris cette idée dans *Révolution dans la révolution.* Combien de fois ai-je vu sa théorie se confirmer lors de la première et de la deuxième Intifada en Palestine ? Je me souviens de groupes de jeunes armés de pierres qui attendaient l'arrivée des reporters de télévision, alertés par téléphone, pour commencer à harceler les militaires israéliens. Peut-on reprocher aux journalistes de faire leur travail ? Pourraient-ils s'abstenir de filmer un événement au prétexte que leurs images risquent d'amplifier et d'encourager les actions terroristes ? En les voyant faire, j'ai compris pourquoi le terrorisme était impossible dans les pays totalitaires. Non que les terroristes aient manqué à l'appel mais parce que la presse y était contrôlée.

« Ce qui me met toujours en colère, encore aujourd'hui, c'est le vocabulaire de certains journalistes sur les images bouleversantes des mères se griffant le visage devant les corps déchiquetés de leurs enfants. "Résultat d'une attaque de rebelles", disent certains. Oui, ils utilisent souvent le mot "rebelle" et parfois même "combattant" ou "résistant". En quoi les Irakiens qui massacrent des Irakiens par centaines sont-ils des rebelles ? Est-ce en tuant leurs frères qu'ils résistent à l'armée américaine ? J'ai toujours dit et répété que la violence commence là ou se termine la parole. Mais les paroles ne doivent jamais justifier la violence.

« Avec la mondialisation et la délocalisation, le terrorisme a encore changé de visage. Il est devenu transnational. La lutte palestinienne par exemple n'intéresse ses alliés et ses adeptes que parce qu'elle leur sert à mobiliser pour d'autres causes. Rien de plus. La question de l'État palestinien en revanche ne les mobilise guère. Le terrorisme moderne ne vise pas Israël en particulier mais le monde. Il ne se réfère pas à telle ou telle revendication nationale mais au Coran. Al-Qaïda a remplacé le Komintern et Mahomet, Karl Marx. Les anciens communistes que j'ai connus au Caire ou à Alexandrie prêchent aujourd'hui pour les Frères musulmans, chapelet à la main.

« Francis Fukuyama écrit : "Le conflit actuel ne constitue pas un choc des civilisations au sens où l'on aurait affaire à des zones culturelles de même importance, il est plutôt symptomatique d'un combat d'arrière-garde mené par ceux qui se sentent menacés par la modernisation et donc par sa composante morale, le respect des droits de l'homme." Pour les terroristes islamiques, observe encore Fukuyama, l'ennemi absolu, c'est "le caractère laïque de la conception occidentale des droits".

— À vous entendre, ceux qui vous mettent en colère sont en passe de gagner.

— Vous n'avez pas tort. Mais tout dépend de nous, non pas d'eux. Car curieusement, ce que les anarchistes puis les gauchistes n'ont jamais réussi, eux commencent à y parvenir : "Transformer la crise politique en un conflit armé, écrit Marighela, par le truchement d'une série d'actions violentes qui forceront le pouvoir à transformer la démocratie en situation militaire." Il suffit de prendre l'avion pour s'en apercevoir. Commençons par nos aéroports. Le nombre de soldats et de policiers armés qui y patrouillent nous donne déjà l'impression de vivre dans un pays en état de guerre. Les contrôles, les fouilles, la tension qui y règne, la dépendance des voyageurs soumis à l'humeur des services de sécurité privés nous font oublier les bienfaits de cette libre circulation des hommes établie par les démocraties occidentales.

« Et si l'on y ajoute, toujours pour notre bien et notre sécurité, les contrôles sur les routes, dans les magasins, devant l'entrée des discothèques, des restaurants et la vidéosurveillance, on doit en conclure que Ben Laden et ses amis, qui ont peut-être lu Orwell, doivent bien rigoler au fond de leurs grottes afghanes. Ont-ils déjà gagné ? J'enrage. »

Israël-Palestine,
le conflit-spectacle

Neuvième matin

Ce matin, il se passe ce que j'avais prévu : le banc de mon étranger est occupé. En entrant dans le square, je vois le vieux Juif errer autour de la statue de Louis XIII, se parlant à lui-même et gesticulant. Je lui dis :
« "Le remède à l'habitude est l'habitude contraire." »
Il se calme et demande :
« C'est de qui ?
— Épictète.
— Le Talmud est plus explicite : "L'habitude est d'abord légère comme une toile d'araignée, elle devient bientôt aussi solide qu'un câble."
— J'espère, lui dis-je, que vous pourrez déplacer sans effort votre câble et vous asseoir sur un autre banc. »
Comme deux vieux maniaques, nous mettons plusieurs minutes à trouver un banc qui lui convienne. Il tient à garder la même vue sur la statue et le square.
« *Schlemout* en hébreu, "plénitude", dit-il. J'aime avoir une vue pleine, entière. Et du mot *schlemout* vient le mot *shalom*, paix, qui vous tient tant à cœur.
— Vous pensez au conflit israélo-palestinien ?

— Oui, bien sûr. Je sais que vous y êtes profondément engagé et j'imagine, en vous connaissant un petit peu déjà, qu'il suscite de votre part quelques justes colères.

— Vous ne vous trompez pas. Un jour, lors de nos premières rencontres, c'était en 1968, j'ai dit à Yasser Arafat qu'il avait la chance et la malchance d'avoir les Juifs en face de lui. Surpris, il me demanda pourquoi. Je lui expliquai que s'il avait combattu un autre ennemi que les Juifs, personne n'aurait parlé de lui. En revanche, s'il avait en face de lui un autre peuple que celui d'Israël, il aurait obtenu son État indépendant depuis longtemps. Israël a certes mauvaise presse aujourd'hui, mais le pays garde sa position singulière dans le monde. Situation due aux Juifs qui y habitent et que Chateaubriand déjà avait désignés comme les "véritables maîtres de ces lieux". Juifs battus, persécutés, brûlés dont la présence dans cet État ne permet pas aux puissances de peser comme elles l'auraient peut-être voulu sur sa politique.

« On tue au Cachemire, en Thaïlande et en Tchétchénie, la guerre fratricide a fait des milliers de morts en Irlande du Nord et le Soudan massacre depuis des années ses populations du Darfour : cela n'émeut que pauvrement et rarement. Mais il suffit qu'une bombe explose à Jérusalem ou que l'on apprenne une incursion de l'armée israélienne à Gaza pour que les autres informations cèdent la place à celle-ci dans tous les journaux et toutes les télévisons du monde. Je me suis amusé à comptabiliser les tribunes consacrées au conflit israélo-palestinien dans les pages "opinion" de la presse française. Il y en a autant, sinon plus, que le nombre d'articles réservés à tous les autres sujets de politique internationale. De son côté, la très sérieuse ADL, l'Anti Diffamation League aux États-Unis, a réalisé une étude comparative sur la place que les médias consacraient aux différents conflits qui secouent la planète : le conflit israélo-palestinien y occupe, à lui seul, un tiers des mentions !

— Alors, demanda l'inconnu, comment expliquer cet intérêt si exceptionnel pour un conflit qui, par rapport à celui entre l'Inde et le Pakistan ou entre les deux Corées, pourrait paraître mineur sur le papier ? Est-ce à cause de la place que les religions monothéistes réservent à la Terre sainte ? Peut-être. Mais les catholiques regardent surtout vers Rome et les musulmans vers La Mecque. De surcroît, plus de la moitié de l'humanité n'a aucune relation, ni religieuse ni affective, avec cette terre que se disputent depuis un siècle Juifs et Arabes. »

Que répondre ? Je lui ai cité un propos que m'avait tenu un jour Saul Bellow : « Ne donnez jamais d'explication, les amis ne vous comprennent pas et les ennemis ne vous croient pas. »

« Cette fois, c'est moi qui vous le demande.

— Pour mon ami Bernard-Henri Lévy par exemple, le conflit du Proche-Orient passionne la France à cause de son importante communauté juive et d'une communauté arabe plus nombreuse encore, comme le conflit en Irlande du Nord passionne les Américains à cause de la puissante communauté irlandaise. Il a en partie raison, mais en partie seulement. Il existe nombre de pays où les communautés juive et arabe sont inexistantes et où, pourtant, la guerre que se livrent Israéliens et Palestiniens prend tous les jours une place démesurée dans les informations. J'ai appris il y a peu, par un ami anglais qui a ouvert un bureau de la chaîne de télévision Al-Jezira à Jérusalem, que la plus grande concentration de médias au monde se trouve en Israël. On y compte même des représentants des médias iraniens.

« Et si ce n'était pas le conflit lui-même qui intéressait le public, ni la lutte légitime du peuple palestinien pour un État, mais les Juifs ? Toujours les Juifs ! Qu'il soit clair, je ne parle pas ici des Juifs parce que "ma chemise est plus proche de mon corps", comme le dirait Aliocha Karamazov, mais parce que depuis que je me bats pour la paix au Proche-Orient, j'essaye de comprendre. Pourquoi cet emballement absolu mêlé d'un malaise n'existait-il pas lors de la guerre du Vietnam, par exemple, comme si nous devions nous justifier de nous passionner pour un conflit qui a toutes les raisons de nous intéresser ?

« Je pense que si on parlait de dinosaures et de Juifs, ce seraient les Juifs et non pas les dinosaures qui nous poseraient problème. Non seulement parce que les premiers ont déjà disparu et que les seconds sont toujours là, mais parce que cette survivance demeure aux yeux des hommes comme un mystère. Chateaubriand, encore lui, résume cela en quelques lignes superbes : "Quand on voit les Juifs dispersés sur la terre, selon la parole de Dieu, on est surpris sans doute, mais, pour être frappé d'un étonnement surnaturel, il faut les retrouver à Jérusalem ; il faut les voir ces légitimes maîtres de la Judée esclaves et étrangers dans leur propre pays [...]. Les Perses, les Grecs, les Romains ont disparu de la terre ; un petit peuple dont l'origine précède celle de ces grands peuples existe encore sans mélange dans les décombres de sa patrie." Et Chateaubriand conclut : "Si quelque chose, parmi les nations, porte le caractère du miracle, nous pensons que ce caractère est ici." Ces lignes datent de 1811. Combien de temps faudra-t-il pour comprendre ? L'écrivain américain Gore Vidal répond partiellement à la question par une anecdote. En sa présence, un journaliste demande à Zhou Enlai si la Révolution française fut bénéfique pour l'humanité. Le dirigeant chinois réfléchit puis laisse tomber : "Il est encore trop tôt pour le savoir." »

Mon interlocuteur éclate de rire. Un rire comme toujours bref.

On dirait qu'il s'est habitué à son nouveau banc.

« Pardon, m'interrompt-il, j'essaye moi aussi de comprendre. Vous parlez de là-bas au Proche-Orient ou d'ici, en France ?

— Dans le conflit israélo-palestinien, il y a en effet, eux, là-bas, et il y a nous, ici. Eux, ils n'ont qu'un problème à résoudre, celui de leur coexistence, sur lequel nous pouvons éventuellement influer. Nous, nous en avons deux : d'abord, comment se comporter face à une guerre fratricide et ses cortèges de morts ; ensuite, que faire de cette benne de préjugés, emplie depuis l'Antiquité, que l'on a déposée devant notre porte ? Ces préjugés n'ont rien perdu de leur virulence. On peut se demander si, depuis l'affaire Dreyfus et le combat mené par Zola, Péguy et Lazare contre l'antisémitisme, quelque chose a réellement changé en France.

« Voilà qu'à travers les reproches ordinaires faits aux Juifs – puissance économique, présence dans les médias, antipatriotisme – s'en ajoute un nouveau : Israël. Le lien éventuel que la communauté maintient avec Israël entretient chez tous les antisémites les thèmes de la cinquième colonne. Lors d'un sondage réalisé dans cinq pays européens, quarante-cinq pour cent des personnes interrogées jugent "probablement vraie" l'affirmation selon laquelle les Juifs sont "plus loyaux" à l'égard d'Israël qu'envers la nation à laquelle ils appartiennent. Le pourcentage s'élève à cinquante-cinq pour cent en Allemagne et à quarante-deux pour cent en France contre trente-trois pour cent aux États-Unis. D'où vient cette nouvelle poussée d'agressivité envers les Juifs et qui englobe Israël ? Aujourd'hui, une majorité des Européens, toujours selon les sondages, juge Israël comme un "État infréquentable".

« Oui, je suis en colère. Comment ne pas l'être quand j'entends dans les écoles que je visite pour parler du racisme revenir sans cesse deux questions entrelacées : "Est-il permis de critiquer Israël ? Est-il permis d'être antisémite ?" Et ces questions ne sont pas posées par les enfants des immigrés maghrébins !

— Que leur répondez-vous ?

— Oui, on peut critiquer Israël comme on le ferait avec n'importe quel État dont la politique nous heurterait. Mais qu'est-ce qu'un État ? Un territoire, un peuple et un pouvoir. En démocratie, nous avons aussi des contre-pouvoirs. L'opposition en Israël est active et la presse libre. Notre critique de telle ou telle action du gouvernement israélien n'égalera jamais celle des médias locaux. Sauf qu'Israël n'est pas un État "normal". Il est le seul État reconnu, à ma connaissance, que l'on conteste dans son existence même, malgré la place qu'il tient dans le concert des nations. Ce ne sont pas les habitants d'Israël qui revendiquent cette exception mais ceux qui veulent les annihiler.

« Ne seraient-ils pas en manque, les antisémites, si Israël disparaissait ? J'ai toujours dit ce que je pensais de la politique des gouvernements successifs à Jérusalem. Mais pourquoi devrais-je donner des arguments à ceux qui souhaitent de toute évidence, quelle que soit la politique de l'État juif, sa destruction ? Bref, ce sont aujourd'hui les antisémites qui rendent Israël intouchable.

— Vous voulez dire que l'antijudaïsme aurait disparu après la guerre et qu'il serait réapparu sous une autre forme, à cause du conflit israélo-palestinien ?

— Quand on fait le tour de l'argumentation antijuive, comme l'a fait Pierre-André Taguieff, on découvre au contraire qu'il s'agit des mêmes discours et des mêmes accusations, Israël en plus. Nous avons peut-être vécu depuis la guerre dans une grande illusion. Nous pensions que la Shoah aidant, nos voisins non-juifs avaient compris la place des Juifs dans la société française comme dans l'histoire de France. Au moins nous donnaient-ils cette impression.

« Hannah Arendt a essayé de comprendre la situation des Juifs en France au lendemain de l'affaire Dreyfus. Elle a relu Proust et trouvé dans *À la recherche du temps perdu* le récit subtil et raffiné de l'accueil que réservaient les salons du faubourg Saint-Germain à ces nouveaux venus. Hannah Arendt en conclut que la société française "ne revenait pas du tout sur un préjugé. Elle ne doutait pas un moment que les homosexuels fussent des criminels ou les Juifs des traîtres, elle ne faisait que réviser son attitude envers le crime et la trahison". Hannah Arendt omit de préciser que la bonne société française a reçu les Juifs, qu'elle a continué, il est vrai, à les croire corrompus et ne leur a permis de "percer jusqu'à l'air libre en se levant, comme le dit Proust, de famille juive en famille juive", que par besoin de leur savoir-faire et de leur argent. Pour elle, l'inconvénient dans l'affaire n'était pas que les Français de l'époque ne fussent plus horrifiés par les Juifs mais qu'ils "ne fussent plus horrifiés par le crime". »

Si savoir écouter est un art, alors l'étranger est un artiste. Il hoche la tête à plusieurs reprises comme s'il voulait intégrer tout ce que j'ai dit et pose la question qui m'apparaît fondamentale :

« Les Français non juifs ont-ils fait semblant après la guerre d'être bouleversés par la Shoah ?

— Bien sûr que non. Ils étaient sincères. Mais ils ont aujourd'hui l'impression d'avoir payé trop cher leur mauvaise conscience. Ils pensent, sans nier le génocide, qu'ils se sont fait avoir. Israël, le bouc émissaire des nations, Israël d'avant la guerre des Six-Jours, leur aurait mieux convenu. Or Israël se conduit comme n'importe quel État, parfois généreux, souvent brutal. Le sort des Palestiniens n'en émeut que quelques-uns. En revanche, il permet à la majorité de justifier sans risque son hostilité sourde envers les Juifs.

« Les Français d'origine musulmane, ceux qui s'identifient à la cause palestinienne, utilisent-ils dans leurs débats avec les Juifs les invectives du Coran ? Non, parce qu'ils ne l'ont pas lu. Ils ne peuvent donc chercher leurs arguments que dans la source de l'antijudaïsme archaïque qui n'est resté gelé qu'un temps en France. Cela me rappelle un épisode de *Pantagruel*. François Rabelais, moine, médecin et professeur d'anatomie, ayant appris l'hébreu à l'université de Montpellier, raconte comment les servants de Pantagruel, pour nourrir leur géant, allument un feu dans une grotte pleine de stalactites et de stalagmites et font rôtir une centaine de moutons plus quelques centaines de poulets. Soudain, écrit Rabelais, le bon Pantagruel entend des voix, des cris, des discussions, des insultes... Appelé au secours, le fidèle Panurge explique que ce qu'ils entendent, ce sont les voix des hommes qui ont vécu ici il y a des milliers et des milliers d'années. Le feu a libéré de la glace les paroles gelées.

« Ma colère, la rage d'un homme qui vient cinq siècles après Panurge, n'est-elle pas justifiée ? N'est-elle pas justifiée, cette indignation contre ceux qui réchauffent les paroles de haine emprisonnées depuis la dernière guerre dans la banquise de notre mauvaise conscience ? »

A-t-on le droit d'aimer sa mère ?

Dixième matin

L'inconnu n'est pas venu ce matin-là. Ni le matin suivant. Ni encore le suivant. Mes colères s'accumulent et je n'ai personne avec qui les partager. Imaginerait-on Platon sans Socrate, Eckermann sans Goethe, Bouvard sans Pécuchet ? Avons-nous tous besoin d'une sage-femme pour accoucher ?

Je trouve l'étranger mystérieux et intelligent. Il a une tête qui nourrit, un regard plein d'esprit et surtout, les oreilles ouvertes. Quand je lui parle, c'est comme si je prenais à témoin ce monde juif de l'Europe centrale auquel j'appartiens et que le brouillard a effacé. Pourrais-je dire de lui comme Celan de Walter Benjamin :

« Pas de trop tard,
Un secret
Ouvert ? »

Mais Benjamin est mort, suicidé près de Port-Bou, et mon inconnu n'a fait que disparaître.

Je commence cependant à m'inquiéter. Comment le rechercher ? Je ne sais rien de lui. J'interroge les riverains, les garçons de café de Ma Bourgogne, les enfants qui jouent dans le square, le gardien de la maison de Victor Hugo. Ce Juif religieux, barbe et chapeau noir, est loin d'être le seul du quartier.

Il réapparaît quatre jours plus tard, quand je ne l'attends plus. Il marche avec une béquille.

« Un accident, dit-il simplement. »

Je le laisse prendre place sur le banc.

« Quel accident ?

— Une voiture. Une voiture a foncé sur moi, rue Pavée, juste à côté de la synagogue. Je traversais la rue et j'ai eu juste le temps de sauter sur le trottoir. Une roue m'est passée sur l'orteil gauche. »

Il grimace un sourire :

« L'essentiel n'est-il pas que, grâce à l'Éternel, je sois là ?

— En effet. Mais pourquoi dites-vous que la voiture a foncé sur vous ? C'était intentionnel ?

— C'est l'impression que j'ai eue.

— Pourquoi ?

— Quelqu'un a dû me prendre pour un espion, l'espion du bon Dieu. »

Il rit.

« Et vous ne l'êtes pas ? dis-je en souriant.

— Peut-être, répond-il en souriant lui aussi. »

Il change de position sur le banc et grimace à nouveau. Visiblement son doigt de pied le fait souffrir.

« Vous en avez pour combien de temps ?

— Une semaine ou deux.

— La voiture qui a foncé sur vous s'est-elle arrêtée ?

— Non. Il y avait du monde devant la synagogue, les gens ont crié, les jeunes ont couru après mais le véhicule a brûlé le feu rouge et disparu rue de Rivoli. »

L'inconnu souleva son chapeau, essuya son crâne avec son éternel mouchoir et reprit à voix basse :

« Entre nous, je crois que depuis quelques jours je suis suivi. »

Je le regarde avec intérêt :

« Suivi ?

— C'est étrange, en effet... C'est peut-être une illusion. Les soupçons dans les pensées sont comme des chauves-souris parmi les oiseaux. »

Et, en se redressant :

« Revenons à vos colères. »

J'hésite :

« Israël ?

— Plus on aime quelqu'un, remarque l'inconnu, plus la colère est grande quand il vous déçoit.

— C'est vrai, dis-je. Je suis attaché à Israël, à son existence. Existence qu'Israël doit avant tout à sa présence ininterrompue sur cette terre depuis qu'Abraham a acheté, il y a quatre mille ans, un terrain près de Hébron au Hittite Ephrôn, fils de Çohar. Parfois minoritaires, souvent majoritaires, toujours en révolte contre les envahisseurs – Assyriens, Babyloniens, Grecs, Romains, mamelouks, Ottomans ou, hier, Britanniques – qu'ils boutèrent les armes à la main hors du pays de leurs ancêtres, les Juifs à travers les siècles ont nourri de leur sang les collines et les vallées de Judée.

« Il est certain que la mémoire de la Shoah, la destruction d'un tiers du peuple juif pendant la Seconde Guerre mondiale, a pu influencer le vote de l'ONU qui décida, en 1947, du partage de cette terre en deux États : israélien et palestinien. La mauvaise conscience existe : elle n'est pas déterminante dans la création de l'État d'Israël. On oublie souvent que son organisation préexistait dès les années 1920, bien avant la déclaration d'indépendance. Souvent, Yasser Arafat me parlait de son admiration pour cet État d'avant l'État qui comportait, outre sa direction, un parlement, une administration, une armée (clandestine), un budget, des partis politiques, des syndicats et une entraide sociale.

— Jusque-là, je suis d'accord avec vous, mais les Palestiniens ?

— Arafat a rêvé d'en faire autant pour eux. Je suis également attaché à l'existence d'un État palestinien. Non pour les mêmes raisons que pour Israël. L'histoire des Palestiniens n'est pas la mienne mais leur avenir dépend d'Israël et de son sens de la justice. Chaque fois qu'Israël manque à l'appel du Deutéronome, "Justice, justice tu poursuivras", il se met en danger.

« J'ai peur pour Israël. Pour beaucoup, le Proche-Orient n'est qu'un enjeu de politique intérieure, un sujet de polémique électorale que l'on oublie aussitôt. Pour moi, Israël fait partie de ma mémoire, incisé dans ma chair : sa création n'est que justice. Mais sans la paix, son existence n'est pas assurée. Depuis des années, face aux Israéliens, face aux Palestiniens, séparément et souvent réunis, je crie les mots d'Isaïe, notre prédécesseur à nous, hommes engagés, hommes dont la seule arme est le verbe : "Le fruit de la justice sera la paix ; la justice produira le calme et la sécurité pour tous."

— Vous pensez qu'il existe un danger bien réel ?

— Oui. Les services secrets de l'armée israélienne craignent une nouvelle guerre israélo-arabe. Déjà, le Hezbollah, bras armé de l'Iran, a mis la main sur le Liban, assassinant les dirigeants chrétiens, encourageant la population non musulmane à quitter le pays. Et le Hamas, qui nie l'existence de l'État d'Israël, a pris le pouvoir à Gaza.

« À la longue liste de ceux qui poursuivirent le peuple juif de leur haine – à commencer par les Amalécites dont parle la Bible, puis de Torquemada et l'Inquisition jusqu'à Hitler au XXe siècle – vient de s'ajouter l'Iran, la fameuse Perse qui, vers 530 avant notre ère, sous

Cyrus le Grand, aida les Juifs à reconquérir leur indépendance. Je ne mets pas en doute la volonté du président Ahmadinejad de détruire Israël. Il le dit et le répète. J'ai appris à mes dépens qu'il fallait prendre au sérieux les discours des chefs politiques, surtout quand ils annoncent le pire et qu'ils se donnent les moyens de réaliser leurs menaces.

« Comment ne pas avoir peur pour Israël et pour les Juifs attachés comme moi à son existence ? Face au danger, Israël est en crise : un gouvernement déchiré, des médias en colère et une population désabusée.

« L'Histoire nous apprend qu'aucune puissance n'a eu raison d'Israël sauf Israël lui-même. Isaïe avertissait déjà, en 735 avant notre ère : "Ô mon peuple, ceux qui te conduisent s'égarent et ils inversent la direction de ta route." »

L'inconnu acquiesce, balaie de ses doigts la barbe qui aujourd'hui paraît être la proie du vent et me fait signe de m'approcher :

« Connaissez-vous *Bahir* ?

— *Bahir* ?

— C'est un livre cabalistique, attesté pour la première fois vers 1180, dans le sud de la France. Il a provoqué à l'époque des polémiques sans fin.

— Pourquoi m'en parlez-vous aujourd'hui ?

— Parce qu'il contient une étonnante affirmation, en rapport avec notre sujet. Il dit que le rabbi Amora demanda un jour ce que signifiait le verset des Psaumes où il est écrit : "Dieu aime les portes de Sion plus que toutes les demeures de Jacob." Les portes de Sion, dit rabbi Amora, ce sont les "portes du monde", car "porte" signifie "action d'ouvrir", comme il est dit dans un autre psaume : "Ouvrez-moi les portes de la justice." Et l'auteur de *Bahir* précise que Dieu aime les portes de Sion lorsqu'elles sont ouvertes. Pourquoi ? Parce qu'elles sont fermées sur le mal ; mais quand Israël fait le bien devant Dieu et qu'il est digne d'ouvrir ces portes, il aime celles-là plus que toutes les demeures de Jacob dans lesquelles pourtant règne toujours la paix. »

Nous restons un moment silencieux.

« Je ne comprends pas, dis-je. Pourquoi lorsque les portes de Sion s'ouvrent sur le monde, c'est le mal qui apparaît ?

— Parce que le mal est dans le monde. Vous me suivez ? »

Il continue :

« Vous ouvrez les portes pour chercher la justice et c'est l'injustice qui envahit votre demeure.

— Alors ?

— Quand, face aux tentations du monde, vous résistez et vous parvenez à extraire le juste et le bien en vous, alors l'ouverture des portes est justifiée. Car alors seulement, selon nos sages, vous serez capable de partager avec les autres cette paix qui régnait sous les tentes de Jacob. Intéressant, n'est-ce pas ?

— Cela me rappelle ma première rencontre avec David Ben Gourion, dis-je. Bien avant la guerre des Six Jours, Shimon Peres m'avait organisé un rendez-vous avec lui dans sa maison à Sdeï Boker, en plein Néguev. J'étais très jeune et très ému. Pour moi, Ben Gourion était le père de l'État juif. Il me parla des relations entre Juifs et Chrétiens depuis la Shoah, ensuite de Jésus qu'il considérait, à ma grande surprise, comme l'une des figures les plus lumineuses du judaïsme. Il s'interrogea aussi sur Marie, sa mère, dont tout le monde oublie qu'elle était juive.

« Après le thé au citron et le gâteau au fromage, il me demanda comment j'allais rentrer à Tel Aviv. "En auto-stop", répondis-je. Il proposa de m'accompagner, appela le chauffeur et nous partîmes. Il faisait chaud, la voiture n'était pas climatisée. Nous roulions vitres ouvertes, sa crinière soulevée par le courant d'air.

« À Tel-Aviv, le long des maisons Bauhaus qui suivaient le bord de la mer, la voiture s'arrêta au feu rouge. Brusquement une jeune femme se détacha de l'ombre et se pencha vers moi par la portière. Elle était brune, plutôt jolie, avait une belle poitrine et sentait la noisette. *Dou kimst ?*, "Tu viens ?" me demanda-t-elle en yiddish. J'ai mis une seconde à comprendre qu'il s'agissait d'une prostituée et qu'elle m'invitait à la suivre. Mais elle le fit dans la langue de ma mère et cela me bouleversa. Mon émotion fit rire Ben Gourion. Il riait encore quand la voiture arriva à destination. "Tu vois, me dit-il fièrement, nous sommes enfin un pays normal." Il ajouta : "Comme tous les pays." Sa réaction m'a fâché : "Mais je ne veux pas, je ne veux pas qu'Israël soit normal ! Je ne veux pas qu'il soit comme tous les pays ! N'avons-nous souffert à travers les siècles que pour reproduire aujourd'hui les fautes de tous les autres ?"

« J'ai réfléchi depuis à cet incident. Ben Gourion avait raison. Au moins était-il réaliste. Le pays dont j'avais rêvé n'aurait pas survécu à la violence du monde, encore moins à celle du Proche-Orient. Cette soumission aux normes de l'Histoire, je la retrouve chaque fois que j'arrive en Israël, même si parfois l'éclaire encore cet idéalisme si proche de mon cœur.

— Il paraît que quand rabbi Joseph entendait sa mère approcher, il s'écriait : "Il faut que je me lève car la Présence divine entre dans la pièce." Quand Israël, mère des Juifs, s'écarte du chemin de justice, la Présence divine se retire.

— Juste ou non, une mère reste une mère.

— Mais quand elle offense la justice, nous le prenons mal. »

La logique de l'inconnu est implacable. Dieu sait si je suis attaché à Israël et pourtant, chaque fois que je débarque à l'aéroport Ben-Gourion à Tel-Aviv, je me mets en colère. Pourquoi ? J'attends quelque chose de ce pays. Pourquoi me déçoit-il ? Ai-je les mêmes rapports avec lui qu'avec ma mère que j'aimais pourtant tendrement et qui me mettait constamment en colère ? C'est que je voulais qu'elle soit plus intelligente, plus avenante, plus prévenante que toutes les mères du monde.

J'ai peur pour Israël. Israël est-il à la hauteur du danger ? Peut-il entendre la demande de ceux d'en face ? Qu'il n'oublie pas l'appel du prophète Amos et le cri de sa propre histoire : « N'êtes-vous pas pour Moi comme les enfants des Éthiopiens, enfants d'Israël ? dit le Seigneur. N'ai-Je pas fait sortir Israël du pays d'Égypte comme les Philistins de Caphtor et les Syriens de Kir ? »

Europe : la danse des fossoyeurs

Onzième matin

Le lendemain, quand j'arrive au rendez-vous, l'inconnu a changé de banc. Cela lui ressemble peu. Je m'approche par-derrière, je lui tape sur l'épaule : de quel nom vais-je l'appeler ?

Ce n'est pas lui.

L'homme, tout autant Juif religieux, a la même barbe, le même chapeau noir et la même redingote élimée. Je le salue, le prie de m'excuser quand je vois mon vrai inconnu qui arrive. Nous partons vers notre banc habituel.

« Vous connaissez l'homme qui vous ressemble, là-bas derrière nous, sous les arbres ?

— Bien sûr, répond l'inconnu sans se retourner. Celui-là, dès qu'il apprend ma présence en ville, il s'accroche à mes pas.

— C'est lui qui a foncé sur vous en voiture ? »

L'étranger éclate d'un rire bref.

« Il ne sait même pas conduire ! C'est un Juif loubavitch, comme moi.

— Un ami ?

— Oui, mais nous ne nous parlons pas.

— Pourquoi ?

— Un différend.
— De quel ordre ? »

L'étranger change de position, se cale sur le banc et me demande :

« Vous ne voulez toujours pas vous asseoir ?
— Non, merci.
— Bon. Vous connaissez le meurtre d'Abel par son frère Caïn, n'est-ce pas ? commence l'inconnu avec la voix d'un maître d'école rabbinique. Dieu dit à Caïn : "Où est Abel, ton frère ?" Et Caïn répond : "Suis-je le gardien de mon frère ?"
— Eh bien ?
— C'est là que commence ma controverse avec ce Juif religieux qui me suit comme mon ombre. Un jour, à Brooklyn, devant le fameux rabbi de Loubavitch, le rabbi Schneerson – que son âme repose en paix – , je posai la question : Pourquoi l'Éternel demanda-t-il à Caïn quelque chose qu'il savait naturellement, parce que Dieu voit et sait tout ?
— Alors ?
— Alors l'autre... »

L'inconnu fait un geste de sa main gauche pour indiquer le Juif religieux qui nous surveille du regard :

« L'autre a prétendu que je blasphémais. Dire que Dieu a vu Caïn tuer Abel, cela équivaut à le dire complice du meurtre ou, pis, à l'accuser de n'avoir pas porté secours à une personne en danger. Je lui ai appris que rabbi Siméon Bar-Yohaï, le créateur de la Cabale, avait déjà posé cette question au IIe siècle, sous forme d'une parabole. Un roi regardait le combat de deux athlètes. Le sang coulait. S'il le voulait, le roi pouvait séparer les deux adversaires. Il ne le fit pas. Et voilà que l'un tua l'autre. Alors, dit rabbi Siméon Bar-Yohaï au nom de la victime : "Qui osera demander au roi justice pour moi ?"

— Vous voulez dire que ce récit biblique nous indique en vérité que le vrai gardien d'Abel n'était point Caïn mais Dieu ? Alors pourquoi celui-ci demanda-t-il à Caïn : "Où est ton frère ?" puisqu'il sait qu'Abel a été assassiné ? »

L'inconnu sourit, son visage s'épanouit : on voit qu'il attendait cette question.

« Rachi, le fameux Rachi de Troyes, le grand commentateur de la Genèse, écrit : "Dieu nous enseigne ici les relations que nous devons avoir avec les criminels." Cela veut dire qu'il nous faut amener le criminel à reconnaître sa faute, à essayer de la comprendre. Seule l'explication du criminel lui-même, de son crime et la manifestation du repentir permettent de tirer une leçon pour l'humanité. L'injonction seule "tu ne tueras point" ne suffit pas.

— Je comprends. Mais si le criminel se décharge de son crime sur quelqu'un d'autre, en l'occurrence Dieu lui-même...

— C'est une lecture possible, reconnaît l'inconnu, celle de l'homme derrière nous. »

Il fait un geste de sa main pâle, un geste un peu las, et enchaîne :

« Je sais, cette question, les philosophes l'ont déjà débattue. Vous connaissez l'Allemand Hans Jonas et son livre *Le Concept de Dieu après Auschwitz* ? C'est une question cruciale sur la responsabilité de l'homme.

— Pour les croyants, cela doit poser problème. Où s'arrête le pouvoir de Dieu, où commence la responsabilité de l'homme ? »

L'étranger fait la moue :

« Avez-vous lu le *Midrash Tan'huma*, dans le Talmud ?

— Non.

— Je vous le récite de mémoire. "Caïn dit : 'C'est moi qui l'ai tué mais c'est Toi qui as mis en moi le mauvais penchant. Tu vois tout et Tu m'as laissé le tuer ? C'est Toi qui l'as tué car c'est Toi qui es appelé *Ano'hi*.' 'Je suis', en hébreu."

— C'est fort, dis-je. Que répondez-vous à cela ?

— Je réponds que Dieu est responsable de l'homme mais que l'homme est responsable d'autrui. »

Il me regarde à travers ses petites lunettes cerclées de métal pour s'assurer que j'ai bien compris et ajoute :

« Dieu nous a donné le sens du bien et du mal, il nous a mis en garde contre les mauvais penchants, il nous a donné tous les moyens intellectuels de nous en défendre. À l'homme de faire bon usage de la liberté que Dieu lui a octroyée et qu'il ne peut plus lui ôter. Dieu reste pourtant le juge de toute chose : "La voix du sang de ton frère crie envers moi", dit Dieu dans la Bible. À l'homme de tirer une leçon de ses actes. Sa conscience l'y oblige.

— Et l'homme derrière nous, qu'a-t-il répondu ?

— Que je blasphémais encore. Que si l'Éternel, béni soit Son Nom, a créé le bien et le mal, Il nous a également indiqué le chemin : "Je mets devant toi la vie et la mort, la bénédiction et la malédiction, c'est la vie que tu choisiras." L'homme a dit aussi, et là il n'a pas tort, qu'avec l'histoire de Caïn et Abel, la Bible introduit dans le monde l'image du criminel et de la culpabilité. Et la conscience de la culpabilité, c'est Dieu. Il a dit aussi que nous n'avons pas à nous poser ce genre de question. Questionner Dieu, c'est se prendre pour Dieu.

— Une jolie idée, dis-je.

— Vous trouvez ? »

Mon inconnu n'a pas l'air content. Je souris :

« Je viens de me souvenir, dis-je, d'une histoire que m'a racontée mon vieil ami le rabbin Adin Schteinzaltz, le traducteur du Talmud. Il paraît qu'un jour Aaron de Karlin avait envoyé un de ses disciples dans l'école rabbinique d'une ville lointaine. Des années plus tard, l'élève revint. Il frappa à la porte du maître. "Qui est-ce ?" demanda celui-ci. "Moi", répondit le disciple. "Quel est l'homme qui ose dire *Moi*, un mot qui n'appartient qu'à Dieu ? s'écria Aaron de Karlin. Retourne à ton école, tes études ne sont pas terminées."

— Je ne connaissais pas cette histoire, dit l'inconnu.

— Revenons à la vôtre, dis-je. Qu'a-t-il dit, le rabbi de Loubavitch ? »

Les yeux gris de l'inconnu pétillaient. Il tapa de sa main gauche sur ses cuisses.

« Que j'avais raison. Qu'on a le droit de questionner Dieu. Abraham, notre ancêtre à tous, ne nous a-t-il pas montré l'exemple ? Il a interrogé Dieu. Il l'a même défié et celui-ci ne s'en est pas offusqué.

— Aussi, depuis cette controverse, si je comprends bien, votre collègue vous en veut, c'est cela ?

— Eh oui, mais vous savez, la haine, c'est la colère des faibles. À propos de vos colères, où en êtes-vous ? En avez-vous une ce matin ? »

Il se frotte les mains et tend la tête vers moi comme pour m'encourager.

« L'Europe, dis-je.

— Voilà un sujet brûlant, dont certains épisodes peuvent rappeler la lutte fratricide d'Abel et Caïn. La plupart des Européens sont des frères, vivent côte à côte, se réclament de la même culture, croient en un même Dieu. Ils s'entretuent pourtant depuis des siècles.

— Oui ! Aussi, dès qu'on me parle d'Europe, ma colère se multiplie : furie, courroux, exaspération... "La colère est une avalanche, dit le poète, qui se brise sur ce qu'elle brise."

« Notre politique européenne est marquée par une succession de bêtises. En politique, la bêtise est un crime. D'abord le référendum de 1995 sur la Constitution. Qui en avait besoin ? Même pas Jacques Chirac, son initiateur. Pourquoi n'avoir pas convoqué le Congrès pour faire valider le texte ? La Constitution le permet. Jacques Chirac a-t-il voulu se faire plébisciter deux ans avant son départ ? Pensait-il qu'après une victoire il pourrait se présenter une fois encore à la présidentielle ? Pourquoi a-t-il cédé devant l'insistance du Parti socialiste qui, pour des raisons internes, réclamait une consultation populaire ? Le peuple, lui, ignorant l'Europe, a préféré signifier son congé au président.

— Et la deuxième bêtise ? Car je suppose qu'il y en a une deuxième.

— Ce fut de proposer et de militer pour l'élargissement de l'Europe. L'idée était juste, mais elle venait trop tôt. On n'invite pas ses voisins dans une maison en chantier. L'Europe des Quinze avait encore bien des problèmes à résoudre avant d'emménager dans sa nouvelle demeure. Mais déjà dix autres invités débarquaient dans le vestibule, ne sachant où déposer leurs valises. Ils dormirent à même le sol et partagèrent leurs sandwiches avec les Quinze. Mais la promiscuité charrie toutes les odeurs : un des invités, Maciej Giertych, député européen polonais, écrivit qu'il "ne peut y avoir d'entente" entre les « civilisations juive et chrétienne ».

— Et la troisième ?

— La troisième bêtise fut le vote négatif des Français. "Une bêtise, disait Proust, est plus orgueilleuse, plus puissante, plus intraitable, plus difficile à entamer qu'une opinion politique ou une croyance religieuse."

Le 29 mai 2005, la majorité des Français, toutes tendances politiques et religieuses confondues, a dit "non" à l'Europe. Peu importe les raisons : les Français ont saboté l'évolution de l'Europe, fiers d'avoir fait la leçon à 460 millions d'individus. Mal leur en prit. On publia à cette époque le palmarès des universités européennes : les nôtres se trouvaient presque en queue de liste. Aucune consolation à penser que la Sorbonne, notre glorieuse Sorbonne qui a fait rêver Pierre le Grand, avait vu le jour en 1215, bien avant Oxford, Budapest, Uppsala et Cracovie !

— Qui a dit que Dieu a fait l'Asie pour les arbres, l'Afrique pour les tigres, l'Amérique pour l'Europe et l'Europe pour le monde ?

— Victor Hugo, qui ignorait que les tigres ne vivaient qu'en Asie...

— Curieux, fait l'inconnu. J'aurais plutôt pensé que c'était un de nos rabbins de l'Europe centrale. »

Je ris : jusqu'où va se nicher le judéo-centrisme ?

« Même les historiens de l'Antiquité, dis-je, restaient surpris que les Grecs, cinq siècles avant notre ère, appellent "Europe" toute la partie nord de notre continent, du nom de la fille du roi de Phénicie que Zeus déguisé en taureau blanc avait enlevée et transportée en Crète. Certains linguistes pensent qu'"Europe" vient du mot sémitique *ereb*, en hébreu "soir", ou "coucher de soleil", donc Occident. La princesse phénicienne, par conséquent sémitique, vivait à Tyr, dans l'actuel Liban : Zeus l'a bien transportée vers le couchant.

— Après l'Empire romain qui en avait forgé l'unité, c'est seulement en l'an 800 de notre ère que l'Europe prend pour la première fois une signification politique avec Charlemagne qui se fait appeler "père de l'Europe". Ce continent puise depuis des siècles sa force et son savoir dans ce qu'Edgar Morin appelle avec raison sa "source judéo-christiano-gréco-latine".

« On a fait croire aux Français que cette Europe ne pourrait fonctionner sans eux. On les a trompés. L'Europe continue à prendre des décisions et nous sommes obligés, malgré notre "non", de les appliquer. Nous avons oublié, et personne ne nous l'a dit clairement, que nous étions les colocataires d'une belle maison et qu'il était fou de renoncer à nos droits.

— Ces hommes politiques qui se sont trompés, ont-ils reconnu leur erreur ? Le repentir, c'est le dernier profit que l'homme tire de sa faute.

— Juste. Eh bien, nos politiques ont préféré au vôtre l'adage de Spinoza d'après lequel "le repentir est une seconde faute". Je leur en veux d'avoir choisi leur petit domaine contre l'unité.

« J'ai toujours milité pour les grands ensembles territoriaux. Les frontières avec leurs douanes et leurs barrières, les *snipers* toujours prêts à tirer sur l'homme qu'il prennent pour un immigré ou un intrus, tout cela m'horrifie. Combien des miens sont morts parce qu'on leur a fermé les frontières de la liberté ? Aujourd'hui, un Européen n'a plus besoin d'un visa ou d'un bureau de change. La libre circulation des hommes et des idées, le rêve d'un Saint-Simon ou d'un Victor Hugo, est devenue réalité. Seuls ceux qui n'avaient jamais connu cette liberté-là auparavant peuvent comprendre le chemin parcouru depuis 1951, quand l'Europe commençait à surgir d'un magma de nations sous la forme d'une Communauté européenne du charbon et de l'acier.

« En 1935, un an avant ma naissance, mon père Salomon a dû traverser clandestinement plusieurs frontières et déjouer des contrôles de police pour pouvoir assister à l'enterrement d'Henri Barbusse, l'auteur du *Feu*, le grand roman sur la guerre de 14-18. C'était le livre de chevet de mon père. Il disait que *Le Feu* dresse un rempart de mots contre la guerre.

« Ils étaient paraît-il un million venus de l'Europe entière pour défiler, au cimetière du Père-Lachaise, devant la dépouille d'un homme qui rêvait de pacifier l'Europe. Ils ont échoué ceux qui, à l'époque, ont voulu l'Europe. Ils étaient pourtant nombreux à la réclamer : Aristide Briand, Paul Valéry, Romain Rolland, Max Reinhardt, Hugo von Hofmannsthal, André Gide, Bernard Shaw, H.G. Wells, Stefan Zweig, Roger Martin du Gard, Jules Romains, Arthur Schnitzler, Hermann Broch, Franz Werfel, Sigmund Freud, Fenccio Bresoni, André Latzko, Oskar Fried, Pierre Jean Jouve, René Arcos, Jacob Wassermann, Thomas Mann, Rainer Maria Rilke, Gustav Mahler, Arnold Schoenberg, Bruno Walter, Arturo Toscanini, Luigi Pirandello, William Butler Yeats. Imaginons aujourd'hui une pétition signée par de tels personnages... Pourquoi n'ont-ils pas su réaliser le rêve d'un continent ouvert aux hommes libres et sans haine, seule force capable, à l'époque, d'empêcher l'avènement du nazisme ? Bien des livres ont, depuis, abordé le sujet. Le plus émouvant, le plus poignant reste celui de Stefan Zweig, *Le Monde d'hier*.

« Mes parents et mes grands-parents appartenaient à la même génération que Zweig, ils le lisaient avec passion. Eux aussi voyaient en l'Europe le seul moyen d'échapper à l'affrontement mortel des nationalismes. Ils faisaient partie de ces passeurs, de ces transnationaux qui portaient les œuvres de l'esprit d'un pays à l'autre, bâtissant ainsi une immense bibliothèque du génie européen. Ils suivaient Stefan Zweig de Varsovie à Vienne, de Londres à Paris et à Madrid, puis à Rome, Trieste, Budapest, Berlin et Prague, en accumulant des écrits, des pensées, des musiques qui représentent aujourd'hui non seulement l'Europe mais le patrimoine de l'humanité. Eux aussi ont échoué. Ils ont vu flamber leurs livres en autodafés avant de disparaître à leur tour dans les flammes de l'enfer nazi. Stefan Zweig lui, s'est suicidé. Avait-il voulu nous réveiller par ce geste dramatique, nous, les survivants, et nous remettre sur le chemin de l'Europe ?

— Karl Jaspers disait que l'Europe apporta au monde l'idée de l'Histoire. Quand apprendra-t-elle enfin à écrire la sienne ? J'aime bien vos colères, décidément, dit l'inconnu en se levant. »

Je lui tends sa béquille. Il fait un pas vers moi et, sans se retourner, me demande :

« L'autre est toujours là ?

— Oui.

— Il nous observe ?

— Oui.

— Il nous écoute ?

— Je ne sais pas. Avec les cris des enfants qui jouent à côté de lui, je ne pense pas qu'il ait pu suivre notre conversation. »

Il s'éloigne en boitant. Je regarde un long moment, non sans tendresse, sa silhouette perdue dans sa redingote trop large. À sa suite, son clone traverse la place.

Démocratie :
attention, denrée périssable !

Douzième matin

« Il est encore là ? me demande l'inconnu.
— Oui. Il est assis derrière vous, sur le même banc qu'hier.
— Il m'énerve.
— "Quand le sage est en colère, il cesse d'être sage", dis-je en citant le Talmud.
— Vous n'êtes pas bien placé pour m'en parler, s'exclame l'inconnu. Et moi, je ne suis pas un sage. L'Éternel, béni soit Son Nom, ne m'a pas glorifié de Sa sagesse. D'ailleurs, le Psaume dit que "le début de la sagesse est la crainte de l'Éternel".
— Et vous ne le craignez pas...
— Je l'aime, c'est tout. »
Il enlève ses lunettes, cligne de ses yeux gris et me demande à brûle-pourpoint :
« Avez-vous connu le rabbi ?
— Rabbi Schneerson ?
— Oui.
— Je l'ai rencontré une fois à Paris quand il suivait encore des études à la Sorbonne, je crois, puis je l'ai revu à plusieurs reprises aux États-Unis, à Brooklyn.

— Vous parliez en français ?
— En yiddish. Le rabbi aimait les poèmes de ma mère et il me les récitait lors de nos rencontres.
— C'était un grand homme, dit l'inconnu en chaussant ses lunettes. C'était un très grand homme, un *Tsadik*, un Juste, que l'Éternel prenne soin de son âme. »

L'étranger reste un moment silencieux en regardant ses mains puis, brusquement :

« L'autre est toujours là ?
— Oui.
— Il nous regarde ?
— Oui.
— Il nous entend ?
— Je ne sais pas. »

Son regard se pose à nouveau sur ses mains.

« De quoi parliez-vous avec le rabbi ? me demande-t-il. Je me souviens de ces queues immenses, de ces milliers de personnes juives ou non qui attendaient tous les dimanches devant sa demeure qu'il les bénisse. Même les présidents des États-Unis. Ils sont tous venus le voir, tous : Nixon, Reagan, Clinton... Vous a-t-il béni vous aussi ?
— Oui.
— Et alors ? »

Son visage s'anime, son regard devient plus aigu, insistant.

« Moi aussi, dis-je, j'ai vu les queues interminables devant sa maison et lui, petit, trapu, barbe blanche, regard malin, écoutait, regardait, bénissait. À ses côtés, deux hassidim, deux dévots, jeunes, forts, une liasse de dollars à la main, distribuaient à chacun un billet.
— Et alors ?
— Alors cela m'avait mis en colère. Je n'aime pas le mariage du sacré et de l'argent.

— L'image classique du Juif que l'antisémite propage depuis des siècles, n'est-ce pas ?

— Exactement, et je l'ai dit au rabbi.

— Qu'a-t-il répondu ? »

J'ai cherché ses yeux :

« Que ce n'est pas l'antisémite qui dicte notre comportement mais notre conscience. "Avez-vous vu, m'a-t-il demandé, tous ces mendiants, tous ces pauvres qui attendent une aumône à la sortie de ma maison ? Parmi ceux qui viennent me voir, il n'y a pas que des riches. Certains n'ont même pas un dollar pour faire la charité. En passant devant ces dizaines de mains tendues, ils ont honte. Et moi, le rabbi de Loubavitch, je ne veux pas qu'ils aient honte. Alors je leur donne le dollar pour qu'ils s'acquittent de leur conscience." Je me souviens aussi qu'il m'a cité rabbi Eléazar : "La récompense reçue pour avoir accordé la charité est directement proportionnelle à la gentillesse avec laquelle elle a été accordée."

— Et ? »

Le visage de mon interlocuteur était tout tendu vers moi.

« Il cita, dis-je, un proverbe chinois qui dit que "les portes de la charité étaient difficiles à ouvrir et dures à fermer".

— Qu'avez-vous fait ?

— J'ai pris le dollar. »

J'ouvre mon portefeuille et sors le billet :

« Le voici.

— Et les pauvres ! s'écrie l'inconnu horrifié.

— Je leur ai donné mon argent à moi. »

Il approuve en secouant la tête puis s'enferme à nouveau dans le silence. Et, tout à coup :

« L'autre est toujours là ?

— Oui, dis-je.

— Il nous regarde ?
— Oui.
— Il nous écoute ?
— Je ne sais pas.
— Bon, dit-il d'une voix déterminée, nous parlons, nous parlons, et nous avons presque oublié vos colères.
— Moi, je les ai bien en tête.
— Alors, reprenons.
— La démocratie, dis-je.
— La démocratie ? répète-t-il, étonné.
— Je ne sais si c'est une vraie colère, mais c'est en tout cas une grande question. Il s'agit de la démocratie à laquelle, vous avez compris, je suis profondément attaché.

« Comment ne le serais-je pas après avoir vécu sous des régimes totalitaires ? J'aime pouvoir m'exprimer librement. J'aime me rendre au bureau de vote et avoir l'impression que ma voix pourrait peser sur l'avenir de mon pays. La question qui se pose est de savoir si la démocratie est exportable. Peut-on l'imposer de l'extérieur ? Certains le croient, d'où, périodiquement, ces croisades pour la "démocratisation de l'humanité" qui, elles, me mettent véritablement en colère.

« À ce titre, je me souviens avoir été stupéfié par le discours de François Mitterrand à la conférence des chefs d'État de France et d'Afrique à La Baule le 20 juin 1990. Les propos du président français étaient clairs et, à l'époque, courageux. Ils ont séduit. En bref : l'aide de la France aux États africains dépendrait dorénavant de l'avancée de la démocratisation.

« Les Africains ont une qualité d'écoute exceptionnelle. À Abidjan, il y a quelques années, j'ai retrouvé un cousin catholique, le père Raymond Halter qui, pendant l'occupation nazie à Strasbourg, a sauvé deux enfants juifs. J'ai recueilli son témoignage pour mon film *Les Justes*. Il dirigeait à l'époque un centre éducatif chrétien en Côte-d'Ivoire et c'est devant une centaine d'enfants africains qu'il m'a raconté son aventure de jeune curé qui cacha deux enfants juifs dans la grange de son père, un agriculteur près de Montbéliard en Alsace. Prévenus, les Allemands débarquèrent dans le village. "C'était le 14 novembre 1944 au matin, raconta le père Halter. Les Allemands n'ont rien trouvé. Alors ils décidèrent de prendre une dizaine de jeunes gens en otages. J'étais l'un d'eux... Nous avons eu une chance inouïe : l'armée française soutenue par les Alliés est entrée à Montbéliard au moment même où les Allemands s'apprêtaient à nous fusiller !" La vue de ces petites têtes penchées vers le conteur qui parlait d'une époque et d'un lieu en apparence si éloignés d'Afrique m'a bouleversé.

« Je peux m'imaginer les chefs d'État africains écoutant de la même manière François Mitterrand. Deux ans après cette fameuse conférence, l'Élysée publia un bilan : "Les trente et un pays d'Afrique subsaharienne, dont vingt-deux francophones, représentés à La Baule ont tous instauré le multipartisme, dix-sept ont adopté de nouvelles constitutions et une cinquantaine de consultations générales ont été organisées : référendums constitutionnels ou élections législatives et présidentielles."

« Nous connaissons la suite : dans la plupart des cas, les partis nouvellement créés ne représentaient que des clans, ce qui raviva les guerres tribales. La démocratie ne s'enracine pas d'un coup sans culture et sans pratique : elle ne s'édicte pas.

« Après la conférence de La Baule, de nombreux pays africains s'engagèrent dans des transitions démocratiques. D'autres sombrèrent dans des crises graves ou des guerres fratricides. Effet de causalité ? Il est sûr que l'application brutale du principe démocratique sans pouvoir ni garantie pour les minorités représente un danger pour les sociétés multiethniques. Et en Afrique, toutes les sociétés sont multiethniques à cause du découpage arbitraire des frontières par les anciens colonisateurs. C'est le cas du Rwanda, pays habité par deux ethnies, les Hutus et les Tutsis, deux ethnies en permanente opposition et dont le conflit déborde sur les pays voisins, le Burundi, le Congo et l'Ouganda.

« La démocratie ne prévoit pas que les populations puissent être hostiles les unes aux autres et sans conscience nationale commune. Elle ne prévoit pas non plus les coups d'État favorisés par l'absence d'institutions solides. Il a suffi qu'un président, Juvénal Habyarimana, un Hutu qui avait pris le pouvoir au Rwanda par la force, soit assassiné en avril 1994 pour que l'ethnie à laquelle il appartenait prenne sa mort comme prétexte pour exterminer l'autre ethnie, les Tutsis. Ce fut le génocide le plus rapide de l'Histoire : huit cent mille personnes exterminées en trois mois.

« Quelle fut la réaction de la France, puissance protectrice de la démocratie rwandaise ? Avec le soutien des Nations unies elle organisa, à partir du 22 juin 1994, une opération militaire. Les soldats français dépêchés sur place pour arrêter le massacre attendirent trois jours, on ne sait pourquoi, face à Bisesero (une montagne à l'extrême ouest du Rwanda, au bord du lac Kivu) où les Hutus éliminaient consciencieusement les Tutsis. Trois jours décisifs, disent les historiens, qui permirent aux assassins de massacrer sans retenue.

« En France, le tribunal des armées, saisi de plusieurs plaintes, n'a pas encore statué sur les raisons de ces atermoiements : pourquoi avoir tardé à se porter au secours des victimes ? Nul n'a encore écrit la véritable histoire de l'opération Turquoise. Il y a pourtant là de quoi nous faire réfléchir sur l'utilisation de nos bons sentiments et de notre juste volonté de partager nos acquis.

— Vous savez ce que disent les Grecs du partage ? Au lion, la part du lion. »

Il rit et moi je le regarde avec curiosité. D'où sort-il ce proverbe grec ? Je poursuis :

« Lors de ma première rencontre avec Andreï Sakharov, au début de la perestroïka, celui-ci avait comparé la démocratie à une orange. "Celui qui n'a jamais vu une orange, m'a-t-il dit, ne demandera pas d'orange. Notre travail à nous est de la faire connaître et d'en susciter le désir."

« Nous apprenons dès l'école que la démocratie est née à Athènes. Le mot, certes, mais la démocratie grecque ne valait en réalité que pour une caste qui se réunissait sur l'agora afin de prendre des décisions et de résoudre ses différends. La plupart des habitants étaient exclus des débats : les étrangers, les métèques, les esclaves, les femmes – Platon voulait même en exclure les poètes, ces "menteurs". Sur l'agora, des hommes s'adressaient à des hommes, l'élite à l'élite. Cela dit, cette démocratie limitée valait mieux que tous les despotismes.

« J'appartiens, pour ma part, nous appartenons tous, souvent sans le savoir, à une autre tradition, celle de la Bible, qui s'appuie sur trois piliers : le politique, le religieux et la société civile. Il y a trois mille cinq cents ans, Moïse a séparé les deux premiers pouvoirs, chargeant son frère Aaron du clergé et prenant, quant à lui, le politique. Cette séparation n'a pas toujours fonctionné, mais son principe demeure. La société civile, elle, s'est donné des porte-parole : les prophètes. Non pas des hommes qui lisaient l'avenir, comme l'avaient imaginé les traducteurs grecs, mais des hommes qui contestaient. Des êtres qui, déjà, se réveillaient en colère. Par leurs paroles, par leurs écrits, ils amplifiaient la colère de ceux qui demandaient justice et ne pouvaient se faire entendre.

« Tant que le roi accepte que le prophète le questionne et lui rappelle ses promesses, la liberté reste assurée. Mais quand le premier châtie le second, c'en est fini de la démocratie.

« Qu'a-t-elle de si extraordinaire, notre démocratie ? D'abord la liberté d'expression. Spinoza, dans son *Traité théologico-politique* de 1670, démontre qu'un souverain peut la garantir. Kant, un siècle plus tard, en 1786, philosophe sur la liberté de penser : il l'oppose "en premier lieu à la contrainte civile", et ne la trouve pas incompatible avec des monarchies éclairées. Quant à définir les droits de chacun d'entre nous, le premier paragraphe de la Déclaration des droits de l'homme et du citoyen de 1789 suffit : "Les hommes naissent et demeurent libres et égaux en droits. Les distinctions sociales ne peuvent être fondées que sur l'utilité commune."

« Qu'apportait alors de plus le "processus démocratique" que François Mitterrand proposait aux pays d'Afrique ? Le multipartisme, le suffrage universel et l'économie de marché. »

L'étranger secoue sa barbe dans un geste d'approbation.

« C'est vrai, il a fait la même chose que Bush en Irak ou Clinton et les dirigeants européens en Russie.

— Je le reconnais : c'était croire que toutes les sociétés sont structurées sur notre modèle occidental. Ainsi le passage du monopartisme au pluripartisme, l'un des critères de la transition démocratique, s'est trop souvent terminé par des guerres civiles en Afrique. En Irak, lors des premières élections après la chute de Saddam Hussein, la démocratie s'est réduite à une compétition entre des listes qui incarnaient les différentes tendances de l'islam. Ne parlons pas des attentats et des assassinats, des dizaines de milliers de morts dans une guerre civile qui n'en finit pas.

« La sagesse, l'humilité auraient dû nous inciter à commencer par les deux premières exigences : la liberté d'expression et de pensée et le respect des droits de l'homme. Le désir de l'orange cher à Sakharov se serait manifesté automatiquement, j'en suis persuadé, encore que cette orange aurait pris la couleur et le goût inspirés par les traditions, les cultures et la géographie de chacun des pays d'Afrique.

L'Afrique se rappelle tous les jours à notre bon souvenir et les images qui nous parviennent du Darfour me font enrager. Deux millions de personnes déplacées, des centaines de milliers massacrées et aucune organisation africaine n'a appelé à la constitution de brigades internationales pour protéger une population en détresse ! La mort des miens n'a donc même pas servi d'exemple ? »

La Russie au Goulag ?

Treizième matin

« Avez-vous des nouvelles du chauffard ?
— Du chauffard ?
— De l'homme qui a essayé de vous écraser.
— Ah oui ! Imaginez-vous que les jeunes de la Yeshivah de la rue Pavée, l'ont vu rôder en voiture dans le quartier.
— Ils ont pu faire quelque chose ?
— Ils ont voulu mais n'ont pas eu le temps de noter le numéro d'immatriculation de sa voiture.
— Avez-vous prévenu la police ?
— La police ? Pour quoi faire ? Si Dieu... »
Je l'interromps :
« Vous m'avez expliqué que vous n'êtes pas de ceux qui subissent Dieu, mais qui vivent avec. Quand il le faut, vous l'interrogez. »
Il lève vers moi ses yeux avec malice et bat des mains :
« Vous avez gagné ! Je vais demander à la synagogue que l'on fasse une déclaration à la police. Qui sait...

— Les hommes sont si bêtes qu'une violence répétée finit par leur paraître un droit.

— Elle me plaît cette phrase, dit l'étranger. Il faudrait l'imprimer sur des tracts et les lâcher au-dessus du Soudan, de l'Irak, de la Russie...

— Pourquoi la Russie ?

— Ah, c'est vrai, la Russie vous la connaissez bien et vous n'aimez pas qu'on la critique.

— Ce n'est pas la critique qui me met en colère, mais l'ignorance. En 1988, quand Mikhaïl Gorbatchev ouvrait enfin la Russie au monde, comment avons-nous réagi ? Au lieu de lui apporter notre soutien, nous nous sommes employés à lui imposer notre démocratie qui, en Russie, est une marguerite dans un jardin tropical. En 1991, Boris Eltsine, par un coup d'éclat, faisait disparaître l'Union soviétique, ce monstre qui a pesé sur le monde pendant soixante-quinze ans. J'ai vu arriver à Moscou des hommes politiques, des économistes, des financiers et des marchands de tous genres et de toutes nationalités. Ils s'entassaient dans des hôtels aux couloirs interminables gardés par de drôles de babouchkas à chaque étage. Que venaient-ils faire ? Aider le peuple russe à affronter un monde nouveau ? Ou profiter des restes de l'Empire et participer à son dépeçage ? Aujourd'hui, on charge l'"ancien KGBiste" Poutine et son équipe de toutes les dérives du pouvoir moscovite. On en appelle même au penchant autoritaire des Russes. Comment pourrais-je rester calme en écoutant de telles sornettes ?

« Si je connais mal cette Afrique qui me fascine, la Russie, en revanche, je la connais bien. J'y ai vécu. Plus que cela : pendant la guerre, elle m'a sauvé la vie, et celle de bien d'autres. Avons-nous seulement réfléchi au sort de l'Europe ? Que serait-elle devenue si la Russie n'avait pas gagné la bataille de Stalingrad ? Vingt-sept millions de Russes sont morts pour notre liberté... et pour la leur. Combien d'entre nous auraient survécu sans cet inimaginable sacrifice ? Quand je pense qu'en Estonie, qui fait aujourd'hui partie de l'Europe, le gouvernement a décidé de détruire un monument à la mémoire des soldats soviétiques morts dans la lutte contre le nazisme parce que, après la guerre, l'Union soviétique a occupé son territoire, je deviens fou de rage.

— Vous allez souvent en Russie ?

— Oui, j'y dirige deux universités françaises, à Moscou et à Saint-Pétersbourg. C'est de Moscou que j'ai pris l'avion pour Cracovie afin de participer à la célébration du soixantième anniversaire de la libération des camps nazis. Dans l'avion, j'ai croisé un petit vieux à la chevelure blanche et à la poitrine bardée de médailles : Ilya Ravtchenko. Il fut le premier soldat soviétique à découvrir Auschwitz : "Le maréchal Koniev nous a envoyés repérer le chemin le plus court pour gagner la Silésie. Nous sommes partis à cheval. Il neigeait. Soudain, nous avons vu le camp..." Il parlait avec émotion, comme si l'événement s'était produit la veille. Fut-il l'un de ces quatre cavaliers que Primo Levi, derrière les barbelés, vit s'avancer dans le brouillard de neige, le 27 janvier 1945 ? Peut-être. Il est sûr en tout cas que ceux-là étaient des Russes. Vous devez comprendre : quand je parle de la Russie, je ne défends ni le Goulag ni les assassins des écrivains et des artistes juifs...

— Comment expliquez-vous ce mépris dont est victime la Russie aujourd'hui ? me demande l'inconnu. Le Goulag a disparu et les artistes n'y sont plus molestés.

— Bonne question. Mépris et fascination ont, depuis toujours, marqué les rapports des Français aux Russes et à la Russie. Diderot, grand admirateur de Catherine II, se plaisait à dire par ailleurs que les Russes étaient "pourris avant d'être mûrs". Mme de Staël, qui avait fui en Russie la colère de Bonaparte, n'hésitait pas à traiter ses hôtes de barbares. Le marquis Astolphe de

Custine consacra des milliers de pages à ce vaste pays auquel il était si attaché mais il mettait tous les Russes dans le même sac : "Rien n'est précis dans la bouche d'un Russe, nulle promesse n'en sort, ni bien définie, ni bien garantie [...]. Sa bourse gagne toujours quelque chose à l'incertitude de son langage." Quant à Honoré de Balzac qui, amoureux de Mme Hanska, s'aventura jusqu'à Kiev, il définit la Russie en deux mots sans appel : "obéissance et violence".

« Il en va ainsi encore aujourd'hui. Rien dans ce pays – qui persiste à aimer la France malgré notre condescendance et le souvenir des ravages causés par les troupes napoléoniennes – ne serait assez bon, assez juste ou assez grand à nos yeux. Son évolution postcommuniste n'irait pas dans la bonne direction et, qui plus est, elle ne serait pas assez rapide.

« En 1984, avec Slava Rostropovitch, nous avons organisé une manifestation pour la libération d'Andreï Sakharov. La fin de l'empire communiste et du Goulag n'a pas vingt ans ! Et nous boudons ce pays parce qu'il n'est pas aussi démocratique que le nôtre ?

« La Russie n'a jamais connu la démocratie. Je pose une question : les nations ont-elles le droit, comme les individus, à une convalescence après une longue maladie ? Combien de temps cette convalescence peut-elle durer ? La réponse, comme d'habitude, est venue des médecins. Ils étaient nombreux accourus de l'Ouest, au chevet du malade. Tous s'accordaient à lui prescrire la démocratie mais divergeaient sur les moyens à employer pour l'atteindre. De nombreux experts arrivèrent aussitôt, des Allemands, des Scandinaves, des Italiens... Les Américains, les libéraux autour de Milton Friedman, préconisaient le passage brutal à l'économie de marché. Il fallait, disaient-ils, dégager l'État du patrimoine industriel de la Russie et « dollariser » l'économie. Ces Américains n'apportaient pas seulement des conseils, ils apportaient aussi de l'argent : un prêt du FMI en soutien au programme de privatisation, quatre-vingt-dix millions de dollars. Les seules consultations de l'un des experts-conseillers de Boris Eltsine, Jeffrey Sachs, professeur d'économie à l'université Harvard, coûta au pays quarante millions de dollars ! Les Français brillèrent par leur absence. Seul Robert Badinter vint plaider pour l'instauration d'un État de droit.

« Plus récemment, il a suffi que Vladimir Poutine évoque la "dictature de la loi" pour que l'on s'en alarme. Pensez donc : la dictature ! Nous étions moins regardants lorsqu'il s'agissait de la dictature du prolétariat...

« Ah, ces médecins ! Ils se préoccupent de la maladie mais s'intéressent rarement aux malades. Pensez à la rencontre de Catherine II et de Diderot telle que la raconte magnifiquement le comte de Ségur. Devant la tsarine et ses ministres, le grand encyclopédiste présente son projet de réforme pour la Russie. Catherine applaudit : « Je vous félicite, cher Denis Diderot, pour votre merveilleux exposé. Je vous remercie aussi pour vos conseils. À cela près que vous êtes un homme heureux car vous écrivez sur le papier qui, lui, supporte tout. Tandis que moi, pauvre tsarine, j'écris sur la peau humaine qui est beaucoup plus sensible. »

— Et la Tchétchénie ?

— En effet, reste la guerre de Tchétchénie. Que les Tchétchènes eux-mêmes aient provoqué cette seconde guerre du Caucase – des fondamentalistes qui avaient envahi le Daghestan, territoire russe, en autoproclamant une république islamiste – ne change rien à l'affaire : un État de droit ne peut écraser sous les bombes une population, fût-elle rebelle.

« Je me suis souvent demandé pourquoi chez nous, en France, on se montrait si agressif envers la Russie.

Cela ne remonte pas à la guerre de Tchétchénie mais bien avant. Est-ce le décalage entre l'idée que nous nous faisons de la Russie et ses réalités ? En Chine, nous savons d'avance que nous nous heurtons à une civilisation radicalement différente de la nôtre. Tout comme en Afrique. Le problème vient de ce que nous considérons la Russie comme un reflet de nous-mêmes. Tolstoï – qui écrivait souvent en français –, Dostoïevski et Tchekhov n'appartiennent-ils pas à notre culture ? Tchaïkovski et Stravinski, à notre patrimoine musical ? Kandinsky et Malevitch ne font-ils pas partie de notre avant-garde picturale ? Comme Nijinski et Diaghilev de notre danse moderne ?

« Aussi, quand nous nous rendons en Russie, sommes-nous persuadés d'y trouver des hommes et des femmes qui parlent comme nous, vivent comme nous, bref, des Français. Or nous rencontrons des Russes. Même Alexandre Dumas en fut quelque peu perturbé : "La langue russe n'a pas de gamme ascendante ni descendante. Quand on n'est pas *brat*, c'est-à-dire frère, on est *dourak*, idiot ; quand on n'est pas *galoubtchik*, petit pigeon, on est *soukin sin*, fils de pute..."

« Nous n'aimions ni la Russie des tsars ni celle des soviets, même si nos grands poètes, Eluard et Aragon, chantèrent ses louanges. Aujourd'hui, nous n'aimons pas plus la Russie libérale. Trop libérale ?

« Poutine, qui veut nous faire croire par le choix de ses lectures – Balzac et Dumas – qu'il aurait pu être Français, ne serait en réalité, horrible découverte, qu'un vilain KGBiste.

— Justement, Poutine, n'a-t-il pas fait tuer des journalistes ?

— Vous me faites penser à mon voisin Jack Lang. Chaque fois que nous nous croisons, il me lance, non sans dérision : "Alors, comment va ton ami Poutine ?"

— Et que lui répondez-vous ?

— Que le président russe est comme tous les hommes au pouvoir. Je lui ai raconté ma première visite à Poutine au Kremlin. En pleine conversation, je me lève et j'ouvre la fenêtre. Surpris, Poutine me demande : "Que faites-vous ?" Je lui réponds : "Par curiosité, j'ai voulu voir ce que vous voyez, vous, Vladimir Vladimirovitch, en ouvrant votre fenêtre." Sans quitter son siège, il me répond en riant : "Je vois le mur." "Voilà votre problème !" Il réplique : "Tous les hommes politiques voient le mur quand ils ouvrent la fenêtre."

« Dans son *Journal*, Fedor Dostoïevski écrit : "Je suis absolument pareil à un Anglais, n'est-ce pas ? Donc, il faut me respecter car tout Anglais est respectable." Quand les Russes, et ils sont nombreux, regardent les télévisions occidentales ou lisent les dépêches sur Internet, ils n'ont malheureusement pas l'impression d'être respectés comme les Anglais. En revanche, quand ils voient la manière dont les Américains (aidés en cela par quelques pays européens de l'Est voulant étancher leur haine historique envers la Russie) les harcèlent à leurs frontières, tentent de susciter des troubles dans des provinces éloignées et introduisent sur leur territoire des "ONG" pour aider et guider de multiples partis d'opposition, ils ont l'impression de revenir à l'époque de la guerre froide.

« Les Russes connaissent le rôle que ces ONG ont joué dans la Révolution orange en Ukraine et dans la mobilisation et l'organisation des foules lors de la révolution géorgienne, révolutions d'abord antirusses. Ils observent, incrédules, les manœuvres des États-Unis en Asie centrale, les tentatives américaines de déstabiliser les pouvoirs prorusses au Kirghizstan et en Ouzbékistan en prenant le risque de mettre, comme ils l'ont fait en Afghanistan, des talibans à leur place.

« À cela s'ajoute le projet d'installer une défense antimissiles en République tchèque et en Pologne. Les Russes prennent cela comme une nouvelle agression à leur encontre. L'hostilité, qui frise parfois l'hystérie, des médias européens leur donne la désagréable sensation d'être à nouveau assiégés par la haine. Comment s'étonner que les Russes se méfient de plus en plus des idées occidentales ? Un sondage cité par le *Courrier des pays de l'Est* révèle que quarante-trois pour cent des Russes seulement considèrent les élections comme indispensables...

— Mais que cherchent les Américains ?

— C'est la question que se posent les Russes. Ils veulent simplement couper la Russie d'une Europe qu'ils tentent de dominer grâce à leur présence dans quelques pays de l'Est. Ils savent que la Russie arrimée à l'Europe transformerait cette dernière en première puissance économique et culturelle du monde. Mais ils veulent également la couper de l'Asie, trop proche des États-Unis.

« Les Russes aiment autant la liberté que nous. La lutte des dissidents contre la dictature soviétique, à laquelle j'ai participé autant que j'ai pu, l'explosion de joie à la chute du communisme, le prouvent. Mais il faut comprendre que cette fameuse orange dont parlait Andreï Sakharov, en Russie, sera russe. Je veux dire que la démocratie en Russie se mariera à ses traditions et à son histoire. En Angleterre, la démocratie admet une reine, en Amérique, le président jure sur la Bible ; ces pays sont-ils moins démocratiques que le nôtre ? Plus nous attaquerons les Russes, plus ils auront l'impression qu'on ne les respecte pas et plus on les éloignera de la démocratie : orgueilleux, ils se replieront sur eux-mêmes.

« Les Russes, m'a dit un jour mon ami Jacques Sapir, ont inventé la notion de "démocratie souveraine", c'est-à-dire nationale. Elle peut ne pas nous plaire. Mais nous n'avons fait aucun effort pour leur expliquer et leur montrer en toute amitié les bienfaits de cette autre démocratie, celle à laquelle nous tenons : la démocratie solidaire. »

Pas de charité pour la charité

Quatorzième matin

Je viens de poser un lapin à mon inconnu. J'ai une conférence à Genève et j'ai oublié de le prévenir. Dans l'avion je pense à lui, à lui et à son double planté à une dizaine de pas derrière dans le square des Vosges. L'image de ces deux personnages face à la statue de Louis XIII me ravit. N'est-ce pas sous son règne que le Parlement a sorti un texte infâme contre les Juifs ? J'ai emporté avec moi *L'Histoire des Juifs de France* de Patrick Girard que celui-ci m'avait offerte lorsque j'écrivais *La Mémoire d'Abraham*. Je relis : « Considérant que les rois très chrétiens ont eu en horreur toutes les nations ennemies de ce nom et surtout celle des Juifs, qu'ils n'ont jamais voulu souffrir en leur royaume [...] et d'autant que nous avons esté avertis que contre les édits et ordonnances de nos dits prédécesseurs les dits Juifs se sont depuis quelques années espandus, déguisés en plusieurs lieux de cestuy notre royaume [...]. Nous avons dit, ordonné, voulu et déclaré : que tous les dits Juifs qui se trouveront en cestuy notre royaume, seront tenus sur peine de la vie et de confiscation de tous leurs biens dans vuider et de se retirer hors d'iceluy, incontinent et ce, dans le temps et le terme d'un mois. »

Comment auraient réagi mes contemporains à un texte semblable ?

En arrivant à Genève, le souvenir d'une histoire toute proche me revient en mémoire et je sens la colère m'envahir. En décembre 1933, au palais des Nations à Genève, les délégués s'inquiètent : l'Allemagne hitlérienne persécute les Juifs, les Tziganes, les opposants, les pacifistes. Un témoin monte à la tribune, il s'appelle Berheim. Juif de Haute-Silésie, il porte plainte « contre les pratiques odieuses et barbares des hitlériens à l'égard de leurs propres compatriotes réfractaires au régime ».

Joseph Goebbels, ministre de la Propagande et de l'Information d'Hitler, répond en personne : « Messieurs, dit-il, "charbonnier est maître chez soi". Nous sommes un État souverain ; tout ce qu'a dit cet individu ne vous regarde pas. Nous faisons ce que nous voulons de nos socialistes, de nos pacifistes et de nos Juifs, et nous n'avons à subir de contrôles ni de l'humanité ni de la Société des Nations. »

Personne alors n'ose braver le fameux « principe de souveraineté absolue ». D'ailleurs, les diplomates sont moins choqués par les propos de Goebbels que par ceux de Berheim. Personne n'ira donc en Allemagne ni, plus tard, dans les pays européens qu'elle occupe, pour vérifier les accusations du Juif silésien.

Aussi devrais-je être heureux de voir aujourd'hui se multiplier les organisations humanitaires. Celles-ci traversent les frontières, souvent clandestinement, pour porter de l'aide aux populations affamées ou persécutées. Peut-être à l'époque du nazisme, l'époque qui a marqué mon existence, auraient-elles pu sauver des vies par leur seule présence. Qui sait ?

En ce temps-là, seules les équipes du Comité international de la Croix-Rouge (CICR) parcourent librement l'enfer nazi. Goebbels n'est pas contre ; la règle de la Croix-Rouge lui semble acceptable : « Afin de garder la confiance de tous, elle [la Croix-Rouge] s'abstient de prendre part aux hostilités et, en tous temps, aux controverses d'ordre politique, racial, religieux ou philosophique. » Comme le Vatican à la même période, le CICR sait mais ne dit rien. Il existe, dans les archives de la Croix-Rouge à Genève, « mille cinq cent cinquante cartons qui contiennent un million deux cent trente-sept mille cinquante documents ayant trait aux déportations de civils par les nazis » : ils attendent encore un historien pour être dépouillés.

Je comprends la colère de mon ami Bernard Kouchner et sa volonté d'introduire le droit d'ingérence dans l'action humanitaire. Désormais, grâce à lui, grâce à Mario Bettati le juriste obstiné, ce droit figure dans la législation des Nations unies et se trouve confirmé par plus de cent cinquante résolutions.

Je ne peux que les soutenir, ces multiples et remarquables organisations humanitaires. Il faut beaucoup de courage et d'idéalisme pour s'inviter dans des pays totalitaires ou dans les pays en guerre, pour porter secours aux affamés et aux persécutés en invoquant l'« universalisation des valeurs humaines ». L'expression est de René Cassin, auteur de la Déclaration universelle des droits de l'homme votée par l'Assemblée générale des Nations unies, réunie au palais de Chaillot à Paris le 9 décembre 1948.

Elles sont plus de deux millions, ces ONG, à opérer à travers le monde. En majorité, elles collaborent avec leurs gouvernements ou des organismes intergouvernementaux qui coordonnent leurs activités et assurent le transport de leurs bénévoles comme de leur matériel.

Grâce à elles, des millions de jeunes gens s'intéressent aujourd'hui à la misère humaine. J'en suis heureux et pourtant mal à l'aise. Je me sens inconfortable devant ce mélange de genres. J'ai toujours milité pour la défense des droits de l'homme en marge des pouvoirs politiques. Mais je me suis aussi adressé parfois directement aux dirigeants politiques quand je pensais qu'en appuyant l'action des ONG ils pouvaient contribuer à sauver des vies. J'ai ainsi fait appel à Valéry Giscard d'Estaing et à John F. Kennedy pour m'aider à sauver une jeune cousine enlevée à Buenos Aires par la police de la junte militaire. Elle a été torturée et tuée. Je l'ai fait aussi lors de la campagne pour le boycott de la Coupe du monde de football en Argentine en 1978 et, en 1980, pour le boycott des jeux Olympiques à Moscou. S'il s'agit d'une catastrophe naturelle, un tsunami où des centaines de milliers d'hommes et de femmes attendent une aide d'urgence, le rassemblement des politiques, des humanitaires et des médias se justifie. Il se justifie moins quand il s'agit d'aider des populations vivant sous des régimes totalitaires ou autoritaires avec lesquels les hommes d'État gardent de bonnes relations : les organisations humanitaires peuvent devenir alors un atout, une monnaie d'échange ou un alibi, façon d'étouffer une mauvaise conscience. Toutes les ONG se sont mobilisées pour le Darfour, la plupart avec l'assistance matérielle de leurs gouvernements. Mais ces mêmes gouvernements ne se résignent pas à rompre leurs relations diplomatiques avec le Soudan, dirigé par des islamistes arabes qui massacrent, depuis des années et en toute impunité, des Musulmans africains. Aucun de ces gouvernements, même s'il encourage les ONG, n'est prêt à boycotter les jeux Olympiques de Pékin pour contraindre la Chine, qui soutient pour des raisons économiques le Soudan, à faire pression sur son protégé. Oui, souvent les ONG vont au charbon pour que les politiques puissent s'en laver les mains.

« Il faut en tout cas que le droit de regard de l'humanité sur les rapports de l'État et de l'individu soit affirmé », écrivait le 10 décembre 1947 René Cassin dans le *Journal de Genève*. Le personnage de René Cassin m'a toujours fasciné, ce juriste modeste mais tenace, né à Bayonne dans une famille juive bien ancrée dans la région et qui, en 1940, avait parmi les tout premiers rejoint le général de Gaulle à Londres où il devint l'administrateur de la France libre. Les jurés du prix Nobel ne s'étaient pas trompés : la Déclaration universelle des droits de l'homme reste aujourd'hui encore la carte d'identité de toute action humanitaire.

Ah, le hasard ! Après ma conférence, le taxi qui me ramène à l'aéroport passe à côté de la rue de Beaumont. Au numéro 18 de cette rue, chez Isabelle Vichniac, correspondante du *Monde*, nous avons été quelques-uns à tramer, pendant des années, des complots pour la paix au Proche-Orient, au Vietnam, en Algérie, en Chine, en Afrique du Sud, et en Russie enfin avec les dissidents soviétiques. Quelques vers d'un poème d'Apollinaire me viennent à l'esprit :

« Passons, passons, parce que tout passe,
Je me retournerai souvent,
Les souvenirs sont cors de chasse
Dont meurt le bruit parmi le vent. »

Fin août 1968, je crois, quelques mois après notre fameux mois de mai, nous évoquons Cassin et son « droit de regard de l'humanité » dans mon atelier (à l'époque je suis encore peintre) avec quelques amis dont Jacques Derogy et Bernard Kouchner. La discussion porte sur le conflit israélo-arabe. Faut-il rencontrer les dirigeants palestiniens : Habache Hawatmeh, Arafat ? Un an après la guerre des Six-Jours, les Israéliens et les Palestiniens n'ont-ils pas besoin d'une intervention extérieure, besoin de passeurs, de bons samaritains laïcs ? Soudain le téléphone sonne. C'est Isabelle Vichniac qui me demande si je ne connais pas par hasard un médecin qui accepterait de partir d'urgence avec une équipe de la Croix-Rouge pour le Biafra. Je passe le combiné à Kouchner...

Le Nigeria est un pays riche en pétrole mais aussi en ethnies. Il se fait que les Ibos, majoritaires dans les régions pétrolifères, ont réclamé leur part de richesse. Ils se sont fait massacrer. Pour se défendre, ils ont proclamé un État que personne ne reconnaît : le Biafra. En septembre, l'équipe médicale de la Croix-Rouge atterrit en pleine nuit au Biafra sous les bombes. Les médecins français, Bernard Kouchner et Max Récamier, rejoints plus tard par Patrick Aeberhard, ne se doutent pas qu'ils sont en train de changer radicalement la pratique de l'action humanitaire.

Où en sommes-nous aujourd'hui ? Les ONG font partie de notre paysage politique. Quel acteur, quel chanteur ne parraine pas une cause humanitaire ? Quant aux dirigeants historiques de l'humanitaire, ils sont pour la plupart passés de l'autre côté du miroir, non pas du côté de ceux qui souffrent mais de ceux qui gouvernent. Bernard Kouchner, fondateur de Médecins sans frontières, puis de Médecins du monde, fut membre des gouvernements successifs de Michel Rocard, Édith Cresson, Pierre Beregovoy et Lionel Jospin, enfin administrateur du Kosovo au titre de « représentant de la communauté internationale des États » et aujourd'hui ministre des Affaires étrangères ; Claude Malhuret, ancien président de Médecins sans frontières, secrétaire d'État à l'Action humanitaire de Jacques Chirac puis maire de Vichy ; Xavier Emmanuelli, autre ancien président de Médecins sans frontières, secrétaire d'État à l'Action humanitaire d'Alain Juppé ; Jacques Lebas, président d'honneur de Médecins du monde, chargé par le gouvernement de plusieurs missions sur l'exclusion ; Gilles Brücker, également ancien président de Médecins du monde, nommé directeur de l'Institut national de veille sanitaire. La présence des acteurs humanitaires dans l'appareil d'État et les gouvernements de la République a permis aux médias de nous familiariser avec leurs visages et de populariser ainsi leurs actions passées. Nous avons suivi notre drapeau tricolore porté par nos ONG dans les régions les plus éloignées de la planète comme nous le faisons avec nos équipes de football sur les stades du monde.

Je comprends dès lors que la plupart des étudiants des collèges universitaires français de Moscou et de Saint-Pétersbourg, que je préside, aimeraient s'engager dans l'action humanitaire : « C'est juste et ça rapporte de l'argent. » En effet, plusieurs millions de personnes vivent grâce à l'action des ONG. Plus de la moitié d'entre elles s'occupe de la gouvernance et de la gestion des budgets considérables. Rien que l'année dernière, les ressources collectées par les ONG françaises dépassaient neuf cents millions d'euros, dont un tiers de dons privés. Le rapport de la Cour des comptes indique qu'entre vingt-cinq et trente pour cent de ces sommes servent aux frais de fonctionnement. Où est le bénévolat d'antan ?

C'est pour échapper à la bureaucratisation de l'action humanitaire ou à sa transformation en une simple courroie de transmission des pouvoirs politiques que nous avons créé, en 1979, avec Jacques Attali, Françoise Giroud, Bernard-Henri Lévy et Guy Sorman une nouvelle organisation humanitaire, Action internationale contre la faim, AICF. Nous voulions mettre en pratique un vieux proverbe chinois : « Au lieu d'offrir à un affamé un poisson, apprenons-lui à le pêcher. »

Nous engageâmes des villages français à aider les villages en Afrique ou en Amérique latine en leur apportant, par exemple, une technologie moderne pour résister aux intempéries et aux changements de climat. C'est ainsi que les agriculteurs français acheminèrent en Afrique des pompes à eau et les installèrent dans des régions arides, parrainant de cette façon des agriculteurs africains. L'idée était de Jacques Attali, elle a fonctionné. Nous devenions de simples passeurs, des intermédiaires. Très vite, l'AICF se transforma en l'une des plus importantes ONG de France.

Or, en mars 2000, l'ancienne directrice de l'organisation, Sylvie Brunel, a dénoncé dans un article « le coût du fonctionnement trop élevé, les salaires abusifs et une trop grande soumission aux entreprises donatrices ». Pierre Bourdieu aurait-il eu raison de rappeler que les grandes entreprises aujourd'hui avancent sous l'étendard des droits de l'homme ? Et que les multinationales profitent de leur partenariat avec les ONG pour se présenter comme des champions du développement durable ?

Oui, je suis en colère. En colère de constater comment cette belle aventure de solidarité, dont j'ai été témoin, a été récupérée, détournée, parfois même transformée en une sorte de foire aux vanités. Cela n'efface pas mon admiration devant l'action et le dévouement d'un grand nombre de militants de la cause humanitaire. C'est le système qui est dénaturé.

La fonction de l'action humanitaire est de faire le bien et d'interpeller les pouvoirs qui n'en font pas assez. Aujourd'hui, elle est devenue le cache-misère de la politique. C'est que rien ne vieillit plus vite qu'un bienfait.

Jean-Jacques Rousseau conseille dans l'*Émile* de ne pas faire seulement l'aumône ou la charité mais « des œuvres de miséricorde qui soulagent plus de maux que l'argent ». Je n'irai pas jusque-là. L'homme, il est vrai, ne vit pas que de pain, mais sans pain il meurt. Je ne désespère pas pour autant. Hors les totalitarismes, nul ne remet en cause l'action humanitaire : je sais qu'elle se renouvellera. La globalisation de l'économie a accouché de la globalisation de la terreur. Nous assisterons bientôt, je l'espère, à la globalisation du mouvement de la solidarité humaine.

Tous les diables ont-ils la même queue ?

Quinzième matin

L'inconnu ne s'est pas formalisé de mon absence. Il en a même profité pour semer son double. Comprenant que je ne viendrais pas au rendez-vous, il a fait semblant d'aller me rejoindre dans un autre endroit, un café place de la Bastille, entraînant derrière lui le Juif religieux qui lui collait aux basques. Ce matin, me raconte-t-il avec un sourire, il est repassé place de la Bastille comme si c'était devenu notre nouveau lieu de rencontre puis s'est éclipsé par une porte arrière avant de me rejoindre place des Vosges. Quel stratagème ! Son œil gris pétillait de bonheur et ses mains pâles battaient un rythme hassidique sur ses cuisses. Il m'apprend qu'un policier l'a interrogé à la suite de la plainte qu'avaient déposée ses amis de la synagogue de la rue Pavée. « Il s'est montré très gentil, m'assure-t-il, mais pour l'instant il n'a aucune piste. »

Il me demande pourquoi je n'étais pas là hier, mais il n'écoute pas la réponse, se lève subitement et fait quelques pas de danse, bras au ciel. Des passants se retournent. Il n'a plus de béquille.

« Vous arrivez à marcher...

— J'ai encore mal, mais grâce à l'Éternel, béni soit Son Nom, tout est rentré dans l'ordre. »

Je le trouve plus bizarre qu'à l'ordinaire, ses papillotes habituellement rangées derrière les oreilles flottent au vent.

« Bon, dit-il. Genève, Schmenève, j'espère que ce voyage ne vous a pas empêché d'être en colère, hein ?

— Rassurez-vous, dis-je. Hier, avant de m'endormir, j'ai parcouru les journaux et j'ai relevé l'une de ces libres opinions qui remplissent de plus en plus de pages ces jours-ci. Elle dressait une équivalence, je ne sais à quel propos, entre le communisme et le fascisme. Voilà un amalgame qui m'a toujours heurté. Je dirais même blessé. Comme lorsque l'historien allemand Ernst Nolte prétend que "les crimes nazis ne seraient que la simple copie des crimes staliniens". Pour lui, le nazisme voulait reconstruire une Europe dominée par une race, le communisme, par une classe.

« Enfant, je suis resté peu de temps sous la domination nazie, un an et un mois. J'ai vécu sous le système stalinien cinq ans. Je suis arrivé en France après avoir passé quatre ans en Pologne communiste. Des années plus tard, j'ai compris que l'aventure de notre fuite de Varsovie résumait, à elle seule, le débat des philosophes sur la similitude et la dissemblance entre ces deux systèmes totalitaires. »

Le loubavitch ricane :

« Lorsque tu es arrivé au sommet de la montagne, continue de monter...

— Ce qui signifie ?

— C'est le danger de l'absurde, disait le rabbi. Et il ajoutait, en citant le psaume : "Dieu rend tortueuse la voie des méchants." »

Il pose sur moi un regard appuyé comme chaque fois

qu'il veut s'assurer que je l'ai bien compris. Puis, en s'agitant :

« Mais racontez, racontez !

— Nous avons quitté, mes parents et moi, le ghetto la nuit. Les portes n'étaient pas encore murées et l'on pouvait passer facilement du côté aryen. Mais les Juifs ne savaient où aller. Leurs cheveux noirs et leur accent quand ils parlaient polonais ne leur laissaient aucune chance de passer inaperçus. Des amis catholiques de mon père, imprimeurs comme lui, vinrent nous chercher. Ils étaient blonds aux yeux clairs. Nous, malgré nos cheveux sombres, n'avions pas, paraît-il, des visages "bien marqués".

« Soudain nous avons croisé une patrouille. *Jude ?* Je me souviens de la question, pas de l'individu qui l'a posée : le faisceau de la torche qu'il braquait sur moi m'aveuglait. Ma mère m'avait répété des centaines de fois : si des soldats allemands nous arrêtaient et me demandaient si j'étais juif, il fallait répondre "non". Dans mon inconscient d'enfant, la reconnaissance de ma judaïté était évidente et essentielle. En fait, il n'y avait pas de plus grand danger pour moi que de n'être rien. J'avais bel et bien une identité : j'étais juif. Aussi, j'ai superbement ignoré la menace mortelle contenue dans l'interrogation du patrouilleur pour lui répondre :"Juif ? Oui ! Bien sûr, oui !" Force de l'innocence ! Mon naturel et ma conviction nous sauvèrent certainement la vie. Les nazis éclatèrent de rire."Laissez-les passer, dit l'un d'eux, le plus gradé, l'enfant blague ! Les Juifs ne reconnaissent jamais leur identité..." Nous étions sauvés parce que nous ne paraissions pas appartenir à la race qui était condamnée à disparaître.

« Quelques kilomètres plus loin, une patrouille de l'Armée rouge nous attendait. Le pacte signé par Molotov et Ribbentrop partageait la Pologne entre l'Allemagne et l'Union soviétique."D'où venez-vous ?" nous interrogea un officier. Je me souviens de sa chapka marquée d'une étoile rouge. "De Varsovie. — *Davaï nazat*, retournez-y ! — Mais nous sommes Juifs... les nazis vont nous tuer... — *Davaï nazat !*" L'ami polonais de mon père s'avança : "Eux sont Juifs, nous sommes Chrétiens. Nous sommes tous imprimeurs." Le Russe dressa l'oreille : "Imprimeurs ? *Rabotchiki*, ouvriers ? — Oui, nous appartenons au même syndicat. — Syndicat ?" répéta le gradé qui comprenait un peu le polonais. Il traduisit à ses camarades puis alla téléphoner. Quelques jours plus tard, nous arrivâmes à Moscou.

« D'un côté, n'appartenant pas à la"race des seigneurs", nous étions condamnés à disparaître. De l'autre, ayant la chance d'appartenir à la classe qui allait purifier le monde, nous avions été épargnés. Je pense avec effroi à ce qu'il nous serait arrivé si mon père, au lieu d'être un simple imprimeur, avait été marchand, fonctionnaire ou petit entrepreneur...

« Sur les millions de Juifs qui habitaient l'Europe centrale, la plupart étaient pauvres, misérables. Du côté fasciste, cela ne faisait pas de différence. Du côté communiste, si. Hitler, qui se présentait comme le seul rempart contre le communisme et qui voulait justifier sa phobie des Juifs, accolait les deux en parlant du "judéo-bolchevisme". Il a même prétendu que le bolchevisme était "la forme la plus radicale du génocide pratiqué par les Juifs". Il était donc logique que, dans *Mein Kampf*, il annonce la destruction du peuple juif.

« Je sais que le monde ne se réduit pas au peuple juif et je n'aimerais pas qu'il en soit ainsi. Sauf que, dans cette controverse hallucinante sur la paternité du mal qui a ravagé le XXe siècle et transforma l'Europe en un immense charnier, les Juifs sont, selon d'où on les regarde, l'objet ou le sujet de l'Histoire. »

Soudain, en jetant un regard par-dessus l'épaule de mon interlocuteur, j'aperçois son double s'installer tranquillement sur son banc habituel, un peu à l'écart. L'inconnu, sentant le rythme de mon débit ralentir, m'encourage :

« Racontez, racontez !

— Je suis arrivé à Paris en 1950, un an après le procès de Victor Kravtchenko, un an avant le procès de David Rousset. Le premier était un haut fonctionnaire russe qui avait dénoncé dans un livre, *J'ai choisi la liberté*, le totalitarisme soviétique. Le second, ancien déporté, dénonça dans *Le Figaro* l'existence de camps de concentration soviétiques, que Kravtchenko avait déjà nommés le Goulag. *Les Lettres françaises*, hebdomadaire communiste dirigé par Louis Aragon, les traita l'un comme l'autre de falsificateurs et de stipendiés. Dans une France où la gauche était alors puissante, où le parti communiste rassemblait vingt-six ou vingt-huit pour cent des suffrages, Kravtchenko d'abord, Rousset ensuite attaquèrent le journal en diffamation. Les procès firent grand bruit. J'aurais pu y témoigner aussi. Mais je n'avais que quatorze ans et personne ne m'aurait écouté. Même pas mes camarades des Beaux-Arts.

« Je me souvenais que mes parents, pendant les années vécues en Ouzbékistan, sursautaient au moindre bruit de pas devant la porte. Je n'ai pas oublié les cris et les pleurs des voisins que l'on venait arrêter à l'aube pour "déviation idéologique". C'est en Union soviétique que j'ai appris que la police opérait toujours au petit matin, comme si elle voulait éviter qu'on la voie et que l'on juge sa sale besogne.

« Parmi mes camarades, les *sans-loi*, il y avait des enfants de Tchétchènes déportés pour "collaboration avec l'ennemi" et des petits-enfants de koulaks ukrainiens, fusillés pour s'être opposés armes à la main aux razzias des bolcheviks qui organisaient la famine contre leur peuple. Le pouvoir pensait les récupérer malgré leurs mauvais antécédents. Après la bataille de Stalingrad, Staline décida que les Soviétiques devaient apprendre la langue et la culture de leur ennemi pour mieux le combattre. Il a ainsi fait distribuer des livres de propagande nazie. Avec quelques-uns de mes camarades, j'ai appris un peu d'allemand en fréquentant une famille d'Allemands de la Volga déportés en Ouzbékistan. J'ai pu ainsi parcourir, horrifié, des extraits du livre *L'Hygiène du monde*, de Goebbels, dans lequel le ministre de l'Information et de la Propagande d'Hitler justifiait"les mesures dures mais justes contre la sous-humanité juive" et la lutte"pour éradiquer pour toujours le bolchevisme, l'ennemi mortel du national-socialisme".

« De retour en Pologne, on me parla des milliers d'officiers polonais tués par les Soviétiques à Katyn. D'autres rappelaient l'extermination de plus de deux millions de prisonniers russes par la Wehrmacht prévue par le plan Barbarossa. Des années plus tard, j'ai repris cette discussion avec Bernard-Henri Lévy. Il venait d'entrer à l'École normale supérieure et la réflexion sur les rapports des deux grands mouvements totalitaires qui ont marqué le siècle le fascinait. Il partageait avec moi son expérience philosophique, moi je partageais avec lui mon expérience existentielle. Un jour, il m'apporta son livre *La Barbarie à visage humain*. C'était un très beau livre. Je me souviens encore de la première phrase :"Je suis l'enfant naturel d'un couple diabolique, le fascisme et le stalinisme."

« Nous étions d'accord pour dire qu'Hitler n'était pas mort dans son bunker à Berlin, ni Staline à Moscou, derrière la muraille crénelée du Kremlin, parce qu'ils continuaient à hanter notre Histoire età "la plonger dans la démence". Mais Bernard-Henri Lévy n'arrivait pas à me convaincre de mettre les deux idéologies sur le même plan. Était-ce la réaction d'un enfant juif de Varsovie condamné à mort par l'une, sauvé par l'autre ? Ernst Nolte, qui est allé jusqu'à dire que sans le communisme l'hitlérisme n'aurait peut-être pas vu le jour, reconnaît pourtant que le communisme s'est trouvé déformé, dénaturé, alors que l'hitlérisme fut très fidèlement mis en pratique."La question est de savoir, écrit-il, si la perversion d'idées bonnes n'est pas, au moins, un mal aussi grand que la réalisation d'idées mauvaises." À quoi Raymond Aron répond, dans *Démocratie et Totalitarisme*, que"dans le premier cas, l'aboutissement du système totalitaire était le camp de travail, dans l'autre cas, la chambre à gaz".

« La convergence entre le stalinisme et le nazisme tient peut-être à l'exercice de la terreur et aux procès, mais surtout à la souffrance de millions d'individus. La souffrance reste souffrance, peu importe qui l'inflige. Et peu importe pourquoi. Peut-on, comme le fait Nolte, comparer le génocide des races et le génocide de classe ? N'est-ce pas un détournement volontaire du sens même du mot"génocide" ? *Le Robert* nous dit que le génocide est la destruction méthodique d'un groupe ethnique. La destruction d'un gène. Peut-on l'utiliser quand on parle d'une classe sociale ?

« Après avoir marché sur les ruines de la plus grande communauté juive du monde, culturellement l'une des plus riches, et étant l'un des rares encore à parler sa langue, le yiddish, le mot *kavana*, "intention", a un sens. Je ne peux comparer *Mein Kampf* d'Hitler avec le *Manifeste du parti communiste* de Marx. Même si, pour le second, ses disciples furent responsables directement ou indirectement de millions de morts. Reste que le texte fondateur du nazisme me condamnait à mort sans appel, tandis que le texte fondateur du communisme me promettait, à moi aussi, une petite place au soleil. Je sais qu'au Goulag le soleil ne brillait pas souvent. Il était couleur de sang à Auschwitz.

« Au pays du Goulag, il y avait au moins un texte sur lequel je pouvais m'appuyer pour réclamer justice. Dans le pays des fours crématoires, en revanche, les textes mêmes me condamnaient. J'ai raconté à Andreï Sakharov comment, en Occident, nous avions réclamé l'application de la Constitution soviétique pour obtenir sa libération."Grossman et Soljenitsyne ont fait la même chose", m'a-t-il répondu.

« Aujourd'hui, quand nous prenons fait et cause pour des prisonniers politiques, pour des populations que l'on massacre, n'évoquons-nous pas des textes ? Ne citons-nous pas la Déclaration universelle des droits de l'homme de René Cassin, paraphée par tous les pays du monde ?

« Non, je ne peux accepter, comme le fait Nolte dans *Streitpunkte*, de définir le génocide des Juifs comme"le plus terrible assassinat de masse de l'Histoire universelle" et l'interpréter comme un crime dérivé, simple imitation du "génocide bolchevique". Enzo Traverso souligne avec raison que pour les historiens comme Nolte, la véritable source du mal réside dans le bolchevisme qui avait trouvé ses porte-parole naturels chez les Juifs,"peuple qui commence dans la morale la révolte des esclaves". Et il nous enjoint de sauter dans le courant de l'encre noire dans lequel les faussaires de l'Histoire trempent leurs plumes. Car si on suit la logique de l'historien allemand, les Juifs seraient responsables de leur propre mort.Il n'est donc pas étonnant que le philosophe français Alain Badiou, qui suit les traces de Nolte, nous demande aujourd'hui "d'oublier l'Holocauste" si nous voulons la paix au Proche-

Orient ! Que ne va-t-on pas encore exiger de nous... Je hurle de colère. »

L'inconnu reste un moment immobile puis, sans se retourner, me demande :

« L'autre est revenu, n'est-ce pas ? »

Yankees go home ?

Seizième matin

La matinée est radieuse. Devant le café Ma Bourgogne, le moteur d'un camion-poubelle tourne à vide. Paris est la seule capitale au monde où le ramassage des ordures se fait à n'importe quelle heure, mais de préférence aux heures où les gens se rendent au travail ou quand ils rentrent chez eux. Même à Moscou, sans parler de New York ou de São Paulo, quand les habitants descendent pour se rendre au travail, les rues sont déjà nettoyées.

Le square s'anime : les gardiens remplissent les bassins, des sapeurs-pompiers font leur jogging matinal. Un couple de Chinois en short et en polo rose, Walkman aux oreilles, s'efforcent de tenir le rythme des pompiers.

J'aperçois de loin mon inconnu, seul sur son banc. Il gesticule comme s'il parlait à quelqu'un. Que peut-il encore raconter ? Je commence à m'habituer : il est entré dans ma vie par effraction et va la quitter certainement en s'envolant, comme un papillon qui s'échappe après avoir longtemps cogné la vitre d'une fenêtre ouverte. Et pourtant, sans lui, aurais-je osé aligner sur les champs de bataille les colères de ma vie ? Je m'approche doucement. Au-delà des grilles du square, j'aperçois quelques Juifs religieux qui se hâtent vers la synagogue de la place des Vosges. Une fête qui m'aurait échappé ?

L'inconnu découvre ma présence. Il sursaute.

« Je me parlais à moi-même, dit-il simplement.

— Et vous n'étiez pas d'accord.

— Comment le savez-vous ? »

Puis, levant vers moi son visage, barbe en avant, il corrige :

« En réalité, je ne me parlais pas, je me battais contre moi-même. Je peux vous dire qu'aujourd'hui, c'est moi qui suis en colère.

— Et pourquoi ?

— La mémoire ! J'essaye, depuis une demi-heure, de me souvenir d'une parabole du Talmud, *Berakhot*, et je n'y arrive pas. Le plus drôle, si l'on veut, c'est qu'il s'agit d'une parabole sur l'oubli. »

L'inconnu se frappe les tempes :

« Maudite tête ! »

Il a l'air malheureux.

« Essayez une autre parabole.

— Je n'y arrive pas.

— Rappelez-vous, dis-je, histoire de le dépanner, un commentaire de votre maître, rabbi Shneerson, sur la mémoire et l'oubli. Vous en connaissez forcément une... »

L'inconnu suit du regard le groupe des pompiers qui poursuit son jogging. Soudain, il s'exclame :

« Soyez béni, soyez béni ! Vous m'avez déverrouillé la tête. En effet, le rabbi a raconté un jour le voyage de notre maître à tous, le créateur du hassidisme, Baal Chem-Tov, le porteur du bon nom, en Israël. Accompagné de sa fille et de rabbi Zevi son scribe, il a pris le bateau à Istanbul. Mais l'Éternel, béni soit Son Nom, avait pour lui d'autres projets. Une tempête contraignit le bateau à accoster sur une île inconnue. Débarqué, ils se perdirent tous trois dans une forêt. Des brigands les prirent en otages. Les voilà enchaînés. Le scribe supplia Baal Chem-Tov de faire une prière ou de prononcer les mots magiques capables de les libérer. Mais Baal Chem-Tov avait tout oublié. "C'est à toi maintenant de dire tout ce que je t'ai appris", dit-il au scribe. Mais le scribe lui-même avait tout oublié. "L'unique chose dont je me souvienne encore, dit-il à son maître, c'est de l'alphabet." "Eh bien, s'exclama Baal Chem-Tov, qu'attends-tu ? Récite-le-moi !" Et le scribe lui récita les lettres les unes après les autres. Le maître les répétait. Quand ils eurent terminé, une cloche tinta. Arriva un vieux capitaine suivi de quelques hommes qui les libéra.

— J'ai toujours pensé, dis-je, qu'une seule lettre pouvait sauver une vie.

— Aïe, aïe, aïe ! s'écrie l'étranger, ça y est ! La parabole du Talmud sur l'oubli m'est revenue ! »

Mon inconnu s'est transformé. Son visage s'éclaire, il se redresse sur son banc et fait même un signe amical aux deux bambins qui jouent au ballon près de nous.

« Avez-vous déjà pris une calèche près de Central Park à New York ? me demande-t-il.

— J'en ai vu souvent lors de mes voyages mais, je l'avoue, je n'en ai jamais emprunté. Par peur de ressembler à un touriste, sans doute. »

L'inconnu sourit :

« Les loubavitch adorent les calèches. C'est ce qu'il leur reste du passé en Russie, en Lituanie, en Pologne. Un jour, trois rabbins prirent une calèche près de l'hôtel Plaza pour faire le tour du parc. Soudain, l'un demande aux autres ce qu'ils pensaient de la *parasha* du shabbat, l'une des cinquante-quatre sections hebdomadaires du Pentateuque lues à la synagogue pendant l'office du matin. Le deuxième répond qu'il l'a récitée mais qu'il ne l'avait pas commentée parce qu'il ne se sentait pas à la hauteur du texte. Le troisième remarque : "Si vous, maître, vous ne vous sentez pas à la hauteur, alors comment moi, simple *hassid*, oserais-je donner un avis ?" Et le premier : "Si vous, mes maîtres, vous dites ne pas être à la hauteur du texte, alors imaginez, moi qui ne suis rien, rien de rien, comment pourrais-je donner ma lecture ?" En les entendant parler, le cocher se retourne et dit : "Mes guides, si vous, qui êtes parmi les plus grands des *tzadikim*, des sages, vous prétendez n'être rien, alors que puis-je dire moi, simple cocher..." Les trois rabbins se regardèrent, surpris, et s'exclamèrent : "Mais pour qui se prend-il celui-là ?"

— L'histoire est drôle, dis-je. C'est une leçon d'humilité, n'est-ce pas ? »

L'inconnu balaie de sa main gauche le banc et me demande :

« Vous ne voulez toujours pas vous asseoir ? »

Je réponds non de la tête.

« Puis-je vous poser une question ?

— Allez-y.

— Pourquoi les Français ont-ils un problème avec l'Amérique ?

— Vous avez raison. Dès qu'on aborde l'histoire des relations entre la France et les États-Unis, deux images surgissent dans mon esprit. La première, hyperconnue, est celle de ces GI's qui, lors de la Seconde Guerre mondiale, à peine débarqués sur les plages normandes, se sont fait applaudir par des jeunes femmes radieuses dans les rues d'un village français. L'autre, non moins connue, est celle d'une manifestation monstre contre la présence des troupes américaines sur le sol français avec des banderoles *US go home*. Curieusement, arrivant à Paris, je tombai sur cette seconde manifestation. C'était à l'époque où, avant toute discussion, on était sommé de choisir entre le camp libéral, américain, et le camp communiste, soviétique. La plupart des intellectuels avaient, sans hésitation, pris fait et cause pour la "patrie des travailleurs".

— Et quelle était votre position ?

— Questionné sur mon choix personnel, j'aurais pu répondre comme l'a fait le dissident soviétique Vladimir Bukowski quelques années plus tard. Descendant de l'avion, la nuit, sous la neige, à Zurich où les agents du KGB l'avaient échangé contre le chef du parti communiste chilien Corvolán, il avait déclaré :"Je ne connais qu'un seul camp, le camp de concentration." Mais à l'époque, je n'avais pas de repartie. Cette bipolarisation des esprits m'a profondément marqué. Aujourd'hui encore, rien ne m'exaspère autant que la moue dédaigneuse de nos élites quand on évoque les États-Unis. À les écouter, les Américains ne sont même pas ces"bons sauvages" chers à Rousseau mais seulement des sauvages bêtes et méchants. La preuve en serait George W. Bush. Reconnaissance et rejet, fascination et mépris ont toujours, et à mon étonnement, marqué les rapports de la France et des États-Unis.

« Je me souviens d'un discours de Frédéric Joliot-Curie à la Mutualité. Il se demandait quand"la France deviendra-t-elle une colonie américaine ?" C'était l'époque où Simone de Beauvoir affirmait que les Américains"se refusent à ne rien inventer de nouveau". Quant aux écrivains américains, écrivait-elle,"ils ne sont pas populaires ou seulement à titre d'amuseurs". J'ai encore le goût de ma colère d'antan dans la bouche. Amuseurs, Faulkner, Scott Fitzgerald ou Hemingway ?

« Comme en écho aux propos de Simone de Beauvoir, *La Nouvelle Critique*, revue du marxisme militant et communiste, assurait en 1951 : "La France, pays de Rabelais, de Montaigne, de Voltaire, de Diderot, de

Hugo, de Rimbaud, d'Anatole France et des chantres de la Résistance à l'envahisseur, est submergée par une littérature d'importation qui exalte ce qu'il y a de plus vil dans l'homme et par certains magazines américains, dont la bêtise est un outrage à l'esprit humain." Se trouvaient pourtant alors à Paris des écrivains américains aussi talentueux que Bellow, Mailer, Capote, Baldwin, Bowles et Gore Vidal. Tous, comme ce fut le cas pour les Russes, amoureux d'une France qui les rejetait. »

Le square se remplit de monde. On entend des rires, les bruits des conversations couvrant les piaillements des oiseaux. Le spectacle que nous donnons, un Juif religieux barbu assis et un barbu debout, plongés dans une discussion interminable, attire les regards.

Je continue :

« Je suis en train de lire les mémoires de Gore Vidal, *Palimpseste*. J'ai le livre sur moi. Il revient sur cette période dans un passage très éclairant, écoutez plutôt :"Je descendis à l'hôtel du Pont-Royal, Sartre et Beauvoir tenaient leurs cours au bar : les touristes les avaient fait fuir du café de Flore. Aujourd'hui, en cette fin de siècle, j'ai beaucoup de mal à croire que j'ai vécu à une époque où les écrivains étaient célèbres dans le monde entier pour leurs écrits, et leurs idées connues même de l'immuable majorité qui ne lit jamais." Ou encore :"Le monde se passionnait pour le duel Sartre-Camus et chacun devait choisir son camp. Gide, Mauriac, Montherlant – mon préféré – faisaient figure d'oracles que l'on devait consulter." Et Gore Vidal rappelle, non sans amertume :"Tennessee décida de fêter son arrivée à Paris en organisant une soirée à l'hôtel. Marcel Duhamel fut chargé d'inviter les dieux. Il les invita. Les dieux ne vinrent pas. Sartre s'assit non loin, seul, au bar du Pont-Royal, pour bien montrer qu'il ne participerait pas au vernissage."

« Comment, en effet, Sartre aurait-il pu serrer la main à ces tenants d'une littérature qui à ses yeux représentait l'impérialisme américain ? Il les admirait pourtant. À l'époque, des précurseurs de José Bové, déjà, appelaient au boycott du Coca-Cola, symbole de la puissance américaine. Les jeunes communistes chantaient :"Coca-Cola et whisky, non, messieurs les Yankees !" »

L'inconnu m'interrompt :

« Tous les Français ont-ils cette même attitude envers l'Amérique ?

— Je ne sais pas. Certains pensent, avec Michel Winock, que "l'antiaméricanisme en France n'est pas un sentiment populaire, il est le fait d'une certaine partie de l'élite". Je n'en suis pas si sûr. Un jour du mois d'août 1975, pour nous opposer à la conférence d'Helsinki, lors de laquelle l'Occident avait accepté les demandes des Soviétiques sans obtenir en échange la libération ne serait-ce que d'un seul prisonnier politique, nous organisâmes avec l'écrivain russe Vladimir Maximov une contre-conférence à Bâle. Nous y invitâmes Eugène Ionesco, Yves Montand et James Baldwin. Dans le petit avion à hélices qui nous emmenait en Suisse, Baldwin me demanda pourquoi je l'avais convié à cette conférence."Je vis en France, mais les Français m'ignorent. Vous savez, chez vous, un écrivain américain n'a pas de poids..." Et avec un large sourire :"C'est donc en tant que Noir que vous m'avez invité, n'est-ce pas ? Un homme de couleur sur une tribune internationale, ça fait de l'effet." Puis il me rappela qu'il fallut que Charles Baudelaire traduisît en 1856 Edgar Poe pour révéler qu'il existait vaguement aux États-Unis ce que l'on pouvait appeler une littérature.

« La surprise vint de Joseph Kessel. Je l'admirais. Son livre de reportage sur la création de l'État d'Israël, *La Tour d'Ezra*, m'avait profondément touché. J'ai rencontré Kessel chez des amis de mes parents, des Juifs russes qui fêtaient leur anniversaire de mariage. Kessel, à son habitude, étonna tout le monde en cassant avec ses dents et en avalant un verre qu'il venait de vider."Hollywood, dit-il sur un ton définitif, est une cité ouvrière qui fabrique des images parlantes comme Ford les automobiles.

— Même vous ? lui demandai-je. Vous n'êtes pourtant pas particulièrement prosoviétique." Il éclata de rire et m'assura qu'il n'était pas particulièrement antiaméricain non plus. Il me conseilla de lire le journal de Claudel pour comprendre ce qu'est l'esprit antiaméricain français.

« Ce n'est que des années plus tard, tombant par hasard sur le *Journal* de Paul Claudel publié dans la Bibliothèque de la Pléiade, que je me souvins des paroles de Kessel. Claudel, qui fut pendant des années ambassadeur de France à Washington, raconte dans son *Journal* la messe épiscopalienne qui suivit l'élection de Franklin Delano Roosevelt."Obligé une fois de plus, écrit-il, à mon profond dégoût, d'assister à une mômerie épiscopalienne à l'occasion de l'inauguration du nouveau président. Écœurant de *humbug* et d'hypocrisie."

« Je découvrais une autre facette d'antiaméricanisme français : l'antiaméricanisme religieux. Ah, ces Américains : trop religieux pour les mécréants, trop mal croyants pour les esprits religieux ! Ce que confirme la boutade de Talleyrand sur les États-Unis :"Trente-deux religions et un seul plat."

« L'antiaméricanisme français prête parfois à rire. Toujours dans son *Journal*, le même Claudel cite un article d'Alexandre Hamilton, l'aide de camp de Washington, qui attribuait déjà au climat américain une influence dégénérative en ironisant :"Dans ce pays, même les chiens n'aboient plus." Et Claudel de noter avec sérieux :"C'est d'ailleurs parfaitement exact." »

L'inconnu se gratte la tête, soulève puis remet son chapeau et insiste :

« Il doit quand même y avoir une explication...

— En France, l'antiaméricanisme puise son eau de plusieurs puits. Notre fascination et notre mépris pour le monde de l'argent viennent de notre éducation catholique et de notre culture de lutte des classes. Tandis que"les passions qui agitent plus profondément les Américains, note Tocqueville, sont des passions commerciales et non des passions politiques. Ou plutôt ils transfèrent dans la politique des habitudes de négoce." Pourquoi les Français se passionnent-ils à ce point pour la politique ? Parce qu'ils pensent qu'elle est seule à même de changer leur vie ou parce qu'ils méprisent sans retenue le négoce.

« En remontant les époques, on peut citer cette phrase de Lamartine :"J'ai toujours été profondément étonné, en lisant l'histoire de nos derniers temps, du peu de sympathie et de reconnaissance que l'Amérique a montré à notre pays." Il écrivait cela en 1834 et faisait allusion à l'aide apportée par Louis XVI à la jeune nation américaine un demi-siècle plus tôt ! Où commence-t-elle, cette méfiance française envers l'Amérique, cette américanophobie qui traverse les siècles et que l'on retrouve en permanence dans nos médias comme dans l'opinion, droite et gauche mêlées ?

« Comment ne pas être dépité du mépris que les Français semblent porter aux Américains ? Dépit amoureux ? Car les Américains sont depuis plus de deux siècles fascinés par la France. Rejetés, ils se consolent dans le torrent des récits et des blagues antifrançais, sur le modèle de nos blagues belges, en pire.

« Remontons aux origines, la première rencontre.

L'histoire débute avec Thomas Paine. Pamphlétaire célèbre en Amérique, ami de Thomas Jefferson et francophile comme lui, il lance la Révolution américaine au début de l'année 1776 avec un livre, *Le Sens commun*, un détonateur intellectuel qui ouvre la voie à la Déclaration d'indépendance. Quelques mois plus tard, le 4 juillet, John Adams, Roger Sherman, Benjamin Franklin, Robert Livingston et Thomas Jefferson rendent publique la Déclaration d'indépendance des États-Unis d'Amérique. Par cet acte, l'Amérique nous vole la primauté tant en matière de révolution que d'affirmation de l'égalité entre les hommes."Tous les hommes sont créés égaux, dit le texte américain, ils sont dotés par le Créateur de certains droits inaliénables ; parmi ces droits se trouvent la vie, la liberté et la recherche du bonheur."

« Quelques mois plus tard, Thomas Paine vient à Paris avec Benjamin Franklin chercher aide et reconnaissance contre la puissance coloniale britannique. Ils doivent attendre plus d'un an et la défaite de l'armée anglaise à Saratoga pour que le roi Louis XVI accepte de conclure avec les insurgés un "traité de commerce, d'amitié et d'alliance". Entre-temps, Paine et Franklin ont rencontré Mirabeau, Mounier, Sieyès, futurs auteurs de la Déclaration des droits de l'homme et du citoyen, qui sera votée dans les premiers jours de la Révolution française, le 26 août 1789."Les hommes naissent et demeurent égaux en droits, proclame le texte. Ces droits sont la liberté, la propriété, la sûreté et la résistance à l'oppression..."

« Nous héritons donc de deux textes presque identiques écrits à treize ans d'intervalle. Identiques à une différence près : l'américain s'en réfère au Créateur, à Dieu, et le nôtre, le français, à l'homme, à la Révolution. Dieu est parfois bon conseiller : les Américains instaurèrent le suffrage universel dès 1820 pour les hommes et 1920 pour les femmes. Chez nous, le pays des droits de l'homme, le suffrage universel, brièvement apparu en 1848, fut confisqué par Napoléon III pour n'être réintroduit qu'en 1871. Quant à la femme, elle n'obtint le droit de vote qu'en 1944. Alexis de Tocqueville, "notre témoin en Amérique", croyait à l'inévitable marche des sociétés vers la démocratie. "Mais le peuple américain, écrit-il, s'est donné des mœurs et des lois adaptées à cet État social et culturel, alors que le français a hérité d'un État centralisé et centralisateur avec le développement d'institutions politiques et des mœurs nationales démocratiques." Dans le premier cas, l'Histoire subordonne l'État à la société. Dans le second, elle livre la société à l'État. Deux conceptions de la démocratie, la nôtre est plus laïque mais aussi plus révolutionnaire que l'américaine fondée sur le consensus et la loi. Depuis plus de deux siècles, ces deux conceptions de la démocratie prétendent à l'universalité.

« Cette foi inébranlable de chacun dans son système, sa volonté déterminée de le faire partager aux autres pays, n'est-ce pas là l'origine de la longue série de querelles qui traverse l'histoire des relations franco-américaines ? Cette concurrence permanente, mais non déclarée et non reconnue, serait-elle à l'origine de l'antiaméricanisme français ? En partie certainement. La concurrence, la rivalité suscitent la colère, la jalousie, la haine, mais aussi l'émulation. »

L'étranger m'arrête :

« Savez-vous que chez les Juifs il n'est pas bon de manger sans parler de la Torah ? De la sagesse contenue dans le Pentateuque ? "Ceux qui mangent sans se préoccuper du monde ni de la parole divine sont des porcs", dit le Talmud. Mais il faut être de vrais sages pour pouvoir partager ensemble plusieurs repas. »

Je le regarde sans comprendre : veut-il justifier nos échanges ? Nous ne sommes pourtant pas à table ! Je ramène la conversation à notre sujet :

« Cervantès écrit dans *Le Petit-Fils de Sancho Pança* : "Deux moineaux s'accordent mal devant un seul épi."

« Le monde est un, dis-je, or la France et les États-Unis sont deux. Sans parler de tous ceux qui les entourent et ne manquent pas non plus d'appétit. Cela n'a pas empêché la France de soutenir les indépendantistes américains dans leur combat contre les Britanniques au XVIIIe siècle, ni les Américains de venir en aide aux Français pendant les deux guerres mondiales.

« Nous sommes tentés de prendre à notre compte la remarque de Tocqueville, si actuelle : "C'est par le mauvais emploi de leur puissance, et non par l'impuissance, que les républiques démocratiques sont exposées à périr." Mais cette pensée ne vise pas que l'Amérique. »

Au moment où nous allions nous séparer, j'aperçois le clone de mon inconnu pénétrer dans le square. L'étranger le découvre en même temps que moi. Et, comme s'il devinait ma pensée, il remarque :

« Tout ce qui se ressemble n'est pas identique. »

Puis il ajoute, en levant, comme à son habitude, le doigt vers le ciel :

« C'est du Shakespeare, *Jules César*. »

Là-dessus il me quitte, me laissant bien perplexe.

Faire envie ou faire pitié ?

Dix-septième matin

Ce matin je me réveille tôt. La lumière de l'aube brumeuse, presque opaque, caresse le génie de la Bastille que j'aperçois de ma fenêtre. Le loubavitch doit encore dormir ou peut-être, qui sait, réciter la prière du matin : « Je te rends grâce, Roi vivant et éternel, de m'avoir, dans Ton amour, rendu mon âme, grande est Ta fidélité. » Le sommeil chez les Juifs est comme une mort partielle : au réveil Dieu restitue l'âme au corps. Quant à moi, je ne le remercierai jamais assez de me restituer tous les matins ma part d'indignation.

Voilà déjà dix-sept matins, dix-sept colères que je partage avec l'étranger. Ce chiffre signifie-t-il quelque chose ? En hébreu, chaque lettre correspond à un chiffre, chaque mot représente une valeur numérique. C'est ce qu'on appelle la guématria, l'une des trente-deux règles de l'herméneutique rapportée par le rabbin Yossi Hagueli à la fin du traité talmudique de Berakhot. Le mot « bien », par exemple, *tov* en hébreu, correspond, en additionnant la valeur de chaque lettre, au chiffre dix-sept. Il n'est donc pas étonnant que beaucoup de jeunes choisissent le dix-septième jour du mois pour se marier. Le mot « vie », *haï* en hébreu, correspond, lui, au chiffre dix-huit. Vingt et un se traduit en hébreu par *ehyé*, « Je serai », l'un des noms de l'Éternel !

Ma dix-septième colère s'impose d'elle-même. Hier mon assistante a extrait d'Internet une longue liste de réactions à mon récent voyage en Syrie. La plupart haineuses (« Quelle crapule ! ») ou envieuses (« Combien a-t-il payé pour réussir ? »). Mon assistant dit que seule la hauteur fait de l'ombre. J'avoue – est-ce une preuve de fragilité ? – que je supporte difficilement la malveillance, le ressentiment.

« Calmez-vous, me dit l'étranger, vous êtes tout retourné. De quoi s'agit-il ? »

Le loubavitch arrive au square des Vosges quelques secondes à peine après moi. Il s'aperçoit aussitôt de ma fébrilité. Lui, au contraire, a l'air reposé, sa barbe peignée, les papillotes rangées derrière les oreilles. Visiblement il est passé la veille chez un coiffeur.

« La haine, l'envie, la méchanceté..., dis-je.

— L'œil accoutumé à la poussière bientôt supporte le sable. »

Sa remarque me met en colère :

« Je ne m'accoutumerai jamais à la bassesse, à l'envie ! Aux États-Unis, par exemple, quand quelqu'un réussit dans un domaine ou dans un autre, même ses concurrents le félicitent. Chez nous, on se demande quel prix il a payé pour y parvenir.

— Tout oiseau aime à s'entendre chanter, remarque l'étranger. Le plus difficile, c'est lorsqu'on n'arrive pas à convaincre ses propres amis. Quand rabbi Eliezer demanda à son maître Akiba : "Qu'est-il arrivé de particulier ce jour-là ?" Akiba répondit : "Rabbi, il me semble que tes compagnons se tiennent à l'écart de toi." Alors, raconte le Talmud, rabbi Eliezer déchira ses vêtements, enleva ses chaussures, se leva de son siège et s'assit par terre, des larmes coulaient de ses yeux. »

Je m'exclame :

« Vous voyez bien ! »

Le loubavitch sourit. Un rayon fugitif de soleil essuie ses lunettes. Il demande :

« Pourquoi êtes-vous allé en Syrie ?

— Parce que la guerre, la mort, vous le savez, sont mes ennemis. Aussi, lorsque je peux ajouter ne serait-ce qu'un caillou à l'édifice de la paix, je le fais. Dès que j'ai appris que, malgré mes critiques sur leur président, les Syriens étaient prêts à m'écouter, je me suis rendu à Damas.

— Qui parle sème. »

Il se tait, se gratte la tête et, après réflexion, reprend comme pour lui-même :

« Mais peut-on parler à son ennemi ? Peut-on converser avec quelqu'un qui veut votre mort et ne peut qu'exploiter la rencontre avec vous, contre vous ?

— Voilà exactement ce qu'on me reproche : parler à l'ennemi ! Faire son propre jeu. Tout le monde peut parler à ses amis, mais c'est avec ses ennemis qu'on fait la paix.

— Accepteriez-vous de discuter avec des criminels ?

— Oui, s'ils acceptent de m'écouter.

— Auriez-vous parlé à Hitler ?

— Oui, sauf qu'Hitler aurait préféré me voir sous forme de savonnette.

— Vous parlerez donc à tout individu qui est prêt à vous écouter ?

— Certainement. Les mots ne sont-ils pas ma force, mon pouvoir ? En 1968, des amis m'avaient organisé une entrevue avec Yasser Arafat, président de l'OLP. La majorité des observateurs le tenait pour un dangereux terroriste. C'était peu après l'attentat de Maaloth, qui a coûté la vie à une douzaine d'enfants voyageant dans un car scolaire sur une route de Galilée. Avant de me rendre en Jordanie où Arafat séjournait à l'époque, je pensais qu'il serait juste d'en informer personnellement Golda Meir, Premier ministre d'Israël. Je l'aimais beaucoup. Elle avait joué dans ma vie le rôle de cette grand-mère que je n'avais pas connue, la mienne étant morte à Auschwitz. J'ai appelé Golda Meir dès mon arrivée à Tel Aviv. Elle m'a donné un rendez-vous une heure et demie plus tard à Jérusalem. Dans son bureau presque vide, elle paraissait taillée dans le roc. Elle se tenait debout derrière une longue table en bois massif sur laquelle se trouvait un paquet de cigarettes, des allumettes et un cendrier. Derrière elle, sur le mur, trônait la carte d'Israël. Nous parlions en yiddish. Elle voulait connaître la raison de ma venue. Je l'ai informée de mon rendez-vous avec le président de l'Organisation de libération de la Palestine. En m'entendant, elle pâlit puis, avec violence, elle frappa sur la table. Le paquet de cigarettes sauta par terre. "Tu vas rencontrer un homme qui a sur ses mains plein de sang d'enfants juifs ? — Golda, répondis-je, Moïse est allé voir le pharaon qui avait lui, sur ses mains, le sang de dizaines de milliers de nouveaux-nés juifs. — Mais tu n'es pas Moïse ! s'écria-t-elle. — Je sais que je ne suis pas Moïse, pourtant si ma parole peut toucher la conscience d'Arafat, l'emmener vers la paix et épargner ainsi des vies d'enfants juifs et palestiniens, cela ne vaut-il pas la peine d'essayer ?" Elle ne répondit pas. Son regard me scrutait comme un ennemi. "Golda, repris-je, tu es le chef d'un gouvernement et ton devoir est de veiller à la sécurité de la population. Pour cela il te faut une armée forte. Moi je ne suis qu'un conteur. J'écris des livres et ma seule arme, ce sont les mots. Ma démarche ne nuit nullement à l'État d'Israël et n'affaiblit pas sa défense."

« Je crois même avoir ajouté, mais peut-être était-ce plus tard, que la Michna de rabbi Eliezer dit qu'il est ordonné à l'homme de poursuivre la paix, même si elle est hors d'atteinte. Et la Michna précise : "L'homme qui accomplit tous ses devoirs mais n'a pas contribué à la paix, c'est comme s'il n'avait rien fait du tout."

« Ce jour-là, Golda Meir ne m'écoutait plus. J'étais devenu transparent pour elle, absent. J'ai dû ajouter un ou deux arguments mais Golda ne réagissait pas. Pour elle je n'existais plus. Alors je me suis levé et j'ai dit *Shalom* sans qu'elle daigne me répondre.

Dehors, mal à l'aise, j'ai hélé un *sherout*, un taxi collectif, qui me déposa à Tel Aviv, où j'avais pris une chambre à l'hôtel Dan. Bouleversé et déçu par l'accueil de Golda Meir, je m'endormis tard. Je fus réveillé vers six heures du matin par une sonnerie de téléphone. J'ai aussitôt reconnu sa voix. *Lekh*, "va", m'a-t-elle dit en hébreu. C'est donc avec la bénédiction de Golda Meir que j'ai rencontré pour la première fois Yasser Arafat.

— Belle histoire, dit le loubavitch. Avez-vous prévenu les Israéliens de votre voyage en Syrie ?

— Oui.

— Quelqu'un a-t-il béni votre initiative ? »

Je ne sais pourquoi cette question m'a fait rire.

« Il n'y a plus de Golda Meir, dis-je.

— Mais la presse israélienne en a-t-elle parlé ? Vous a-t-elle critiqué ?

— Non, personne. En Israël, tout le monde comprend qu'un jour ou l'autre il faudra bien faire la paix avec cet encombrant voisin. Aujourd'hui la Syrie, seul pays laïc dans le monde arabe, a surtout peur de l'islamisation de sa société. C'est le moment de l'arracher à l'extrêmisme. Il reste peu de temps, me semble-t-il, pour la séparer de l'Iran. Sinon, dans quelques années, l'Iran se retrouvera à toutes les frontières d'Israël. »

De sa main gauche, le loubavitch fait un geste vers moi comme s'il voulait me toucher. Puis il se ravise et demande :

« Connaissez-vous les versets consacrés à la Syrie dans le Livre des Rois ?

— Non.

— Je vous les cite de mémoire : "En voyant les prisonniers, le roi d'Israël demanda au prophète Élisée s'il fallait les frapper. 'Ne les frappe pas, répondit le prophète. Frapperas-tu donc ceux que tu fais prisonniers par ton glaive et ton arc ? Fais leur servir du pain et de l'eau afin qu'ils mangent et boivent et retournent auprès de leur maître.' On leur servit un repas copieux. Après avoir mangé et bu, ils furent congédiés." Les bandes syriennes, dit la Bible, renoncèrent alors à leurs incursions dans le pays d'Israël. »

Nous restons un moment en silence. Un car de touristes déverse dans le square une foule colorée et bavarde. La voix monocorde d'un guide survole la place, puis la foule se déplace et se pose à l'autre extrémité du square. Le loubavitch sourit :

« Je sais, je sais, dit-il en se frottant les mains, j'ajoute des arguments aux arguments. Cela justifie peut-être votre initiative mais n'apaise pas votre colère contre l'envie et contre la haine. Savez-vous qu'en hébreu il y a deux expressions pour traiter de la jalousie ? Il y a l'envie, la convoitise qui est condamnée dans les Dix Commandements, et il y a ce qu'on appelle la *kinat sofrim*, la jalousie entre écrivains, créateurs. Selon nos sages, cette jalousie-là est un stimulant puissant, un encouragement à la création. Quant à la haine... »

Il hésite un moment :

« Je n'arrive pas à me souvenir du nom de l'auteur de cette juste maxime : "Le pire de certaines haines, c'est qu'elles sont si viles et si rampantes qu'il faut se baisser pour les combattre." »

Un nuage en passant déverse quelques gouttes. Le loubavitch essuie son visage en un geste vif. Je les laisse glisser sur mes joues sans réagir.

« Je hais la haine », dis-je enfin avant de quitter mon étranger.

Pas de devoir pour la mémoire

Dix-huitième matin

Ce jour-là, j'ai la mauvaise idée d'aller chercher les journaux du matin rue Saint-Antoine. Le temps de payer, les premiers coureurs du Marathon de Paris envahissent les chaussées. Cette foule immense noyée de sueur, rythmée par le souffle et le bruit des foulées, devient rapidement si compacte que je ne peux plus traverser la rue, aucun coureur n'acceptant de ralentir le train. Je contourne ce flot tressautant en passant par la Bastille et rejoins le boulevard Beaumarchais par les couloirs du métro. Mon inconnu ne semble pas s'être aperçu de mon retard.

« J'ai une surprise pour vous, dis-je un peu essoufflé, j'ai retrouvé votre parabole du Talmud, *Berakhot.* »

Il me regarde, étonné mais attentif. Je lis :

« "Une parabole : à quoi cela ressemble-t-il ? À un homme cheminant sur la route, qui rencontra un loup et lui échappa, et qui poursuivit son chemin en racontant à la ronde ce qui lui était arrivé avec le loup. Puis il rencontra un lion et lui échappa, et il poursuivit son chemin en racontant ce qui lui était arrivé avec le lion. Puis il rencontra un serpent et lui échappa, mais oubliant le loup et le lion, il poursuivit son chemin en racontant ce qui lui était arrivé avec le serpent. Il en va de même avec Israël. Ses malheurs d'aujourd'hui lui font oublier les épreuves d'hier." »

L'inconnu applaudit comme aurait fait un enfant. Les passants se retournent : ils voient un Juif religieux un peu bizarre mais n'osent s'attarder. De peur de passer pour des antisémites ? Aura-t-on un jour une attitude normale envers les Juifs ?

L'étranger, lui, est encore dans sa parabole sur l'oubli :

« N'y a-t-il pas un devoir de se souvenir ? Le Deutéronome ne dit-il pas : "Garde-toi bien d'oublier Yahvé qui t'a fait sortir du pays d'Égypte, de la maison des esclaves !"

— C'est vrai et pourtant l'expression "devoir de mémoire" me gêne. J'irais jusqu'à dire qu'elle me met en colère.

« Bernard Kouchner m'a raconté qu'un jour au Kosovo des femmes serbes en pleurs l'avaient entraîné dans un champ où beaucoup des leurs avaient été massacrés. Il mit quelques minutes à comprendre qu'il s'agissait de massacres perpétrés en 1389, après la fameuse bataille entre musulmans et orthodoxes. Ces femmes voulaient lui signifier que la coexistence entre Serbes et Albanais restait aujourd'hui encore impossible. Est-ce cela le devoir de mémoire ?

« Quand un père demande à son fils de ne pas oublier que le grand-père de leur voisin avait, accidentellement, écrasé avec sa voiture leur grand-mère, et que le fils raconte cet incident à son fils et ainsi de génération en génération jusqu'au jour où l'un des descendants de la grand-mère écrasée tue l'un des lointains descendants du conducteur, accomplit-il son devoir de mémoire ? Se pourrait-il que le devoir de mémoire nourrisse toutes les vendettas ? S'il ne se traduit pas en actes, le devoir de mémoire compris au pied de la lettre risque d'entretenir à travers le monde entier des haines aussi imbéciles qu'ancestrales.

« Dans la tradition juive le mot"devoir" n'est point accolé au mot"mémoire"."Souviens-toi" est répété cent soixante-neuf fois dans la Bible. Cela veut dire :"N'oublie pas." N'oublie pas que le mal existe et qu'il prend chaque fois un autre visage. En ce sens, se souvenir, cela signifie rester sur ses gardes, c'est une consigne de vigilance.

— Et l'Histoire ?

— Aristote a rejeté l'Histoire du nombre des sciences parce qu'elle s'occupe du particulier qui n'est qu'un objet de science. Chaque fait historique n'est arrivé qu'une fois et n'arrivera qu'une fois.

« Certains préfèrent l'Histoire à la mémoire, Histoire conçue comme"une construction toujours problématique et incomplète de ce qui n'est plus mais qui a laissé des traces". L'Histoire n'est ni morale ni amorale. Elle charrie les faits."Demande, nous dit Job, à la génération précédente et sois attentif à l'expérience de ses pères puisque nous sommes d'hier et ne savons pas." »

L'inconnu lève un œil :

« La mémoire est sélective...

— Certainement. Alain Finkielkraut dit que"la mémoire a aujourd'hui pour fonction d'oublier tout ce qui n'est pas crime". Est-ce vrai ? Si l'Histoire est un enseignement, que pouvons-nous tirer aujourd'hui de la bataille de Marignan en 1515 ? Comme d'ailleurs de la bataille qui a opposé le roi Akhab, le roi d'Israël, au roi d'Aram de Damas en 853 avant notre ère, l'une des batailles les plus meurtrières de l'époque :"les fils d'Israël abattirent plus de cent mille fantassins araméens" en une seule journée, indique la Bible.

« Pourtant cette bataille est traitée très succinctement

dans le Livre, tandis que l'épisode où le même roi Akhab dépossède le pauvre Naboth de sa vigne est décrit dans les détails. Vous connaissez l'histoire... Il s'agit d'une vigne qui avoisine les jardins royaux. Naboth y tient parce qu'elle lui a été léguée par ses ancêtres. Le roi désire la vigne, monte de faux témoignages contre Naboth et contraint les juges à le condamner à la lapidation. Le prophète Élie nous donne la morale de cette histoire :"Après avoir commis un meurtre, dit-il au roi, prétends-tu aussi devenir propriétaire des biens de l'homme assassiné ?" Pour les Juifs, l'Histoire est une référence morale. La mémoire ne doit conserver que les épisodes qui nous apprennent quelque chose sur nous-mêmes.

« L'injonction biblique"Souviens-toi" vise en effet le crime mais un crime commis par un peuple qui symbolise le mal : *amalek*. À travers l'Histoire, nous avons connu de multiples amalek. Aujourd'hui, c'est au nazisme et à la Shoah que nous pensons. Nous ne pouvons alors éluder la question de Primo Levi :"Où étaient les hommes ?"

— Qu'auriez-vous répondu à cette question ? me demande l'inconnu. L'Ecclésiaste dit :"Jette ton pain sur la surface des eaux, tu le retrouveras dans la suite des jours."

— Dès que nous posons cette question terrifiante de Primo Levi, nous sommes obligés d'intégrer dansla « mémoire du crime » la mémoire du bien, l'histoire de tous ceux qui, chrétiens ou non, ont à l'époque sauvé des Juifs au péril de leur vie.

« Il s'agit bien sûr d'une minorité et, pour la plupart, de gens simples, spontanés. Ni de stratèges, ni de héros, ni de saints : des Justes. À chaque génération, ils sont là, selon le Talmud, pour soutenir le monde."Le monde repose sur trente-six Justes", dit rabbi Abayé."Sur dix-huit mille", dit rabbi Rabba. Et Pascal d'estimer à neuf mille ce nombre inestimable... L'action des Justes ne diminue en rien l'infamie de ceux qui ont tué ou laissé faire. À la limite, elle les rend plus infâmes encore. Car si des hommes ont tendu la main à des hommes en détresse, pourquoi d'autres ne l'ont-ils pas fait ? Paradoxalement leur existence rend crédibles les crimes nazis, qui dépassent pourtant notre entendement. »

Un garçonnet roux d'une dizaine d'années surgit, une kippa sur la tête et les papillotes rouges derrière les oreilles. Je ne l'avais pas vu venir. Il s'approche de l'inconnu et lui chuchote quelques mots à l'oreille. L'étranger tapote de ses doigts pâles la joue de l'enfant qui sourit puis s'en va en courant. Cette intrusion soudaine du monde extérieur me trouble. Tant que l'inconnu me parlait de la synagogue, c'était comme s'il évoquait un relais avec Dieu. Mais voilà que je découvre qu'il a d'autres attaches. Une famille ? Des enfants ? Hélas, pas question d'en savoir davantage : c'est la curiosité qui nous a fait perdre le paradis ; je me tais. L'inconnu continue :

« Le plus grand danger n'est pas tant l'oubli de ce qui advint par le passé, que l'oubli de l'essentiel : comment le passé advint. »

Je remarque :

« Si elle n'est éclairée par la Loi, l'Histoire n'a aucun sens puisqu'elle ne peut servir d'enseignement : cette conviction m'a accompagné toute mon enfance. Aussi ma mémoire, celle de mes parents, des parents de mes parents, de génération en génération, connaît-elle l'existence du mal qui possède l'homme et de cette Loi qui lui fut donnée dans le Livre pour l'en préserver ? Les Justes, ces quelques centaines d'hommes et de femmes qui ont permis à plus de cinq cent mille Juifs de survivre sous l'occupation nazie en Europe, pour la plupart se réfèrent à cette loi :"Tu ne tueras point. Tu aimeras ton prochain..." Si le mot "devoir", que je trouve dangereux, a une quelconque légitimité, c'est quand il fait appel à cette part de notre mémoire.

« Comment trancher entre la mémoire et l'Histoire, entre fidélité de l'une et la vérité de l'autre ? Quant à moi, j'ai appris grâce au Talmud que l'enfant dans le ventre de sa mère ressemble à un "livre plié et mis de côté". Quel "être humain ne passe par aucun jour plus heureux que ceux-là. Il est initié à la Torah tout entière. Mais lorsqu'il arrive au monde, un ange passe qui le frappe sur la bouche et lui fait tout oublier. Selon le Talmud, l'homme est donc une incarnation du verbe. Mais pour que ce verbe retrouve sa puissance, il faut que l'homme recouvre sa mémoire. À chaque naissance, à chaque génération, chaque pas en avant de l'Histoire, l'ange tente de nous faire oublier le verbe d'origine, ce verbe fondateur. Par bonheur, l'ange échoue.

« Ceux qui s'attaquent à la mémoire et que nous appelons négationnistes ne visent pas seulement la Shoah, ils visent l'essence même de l'identité humaine.

— Qui a inventé l'expression "devoir de mémoire" ? interrompt l'inconnu.

— Certains disent Primo Levi. Je n'ai pas trouvé cette expression dans ses livres. Nous en avons discuté un jour, quelque temps après la guerre israélo-arabe de 1967, à Turin. Primo Levi n'était pas tant préoccupé par le devoir de mémoire que par le moyen de préserver la mémoire, celle des événements qu'il a vécus et qui marqueront, croyait-il, toute référence à l'avenir. "Uniquement pour les Juifs, je le crains", ai-je rétorqué avec une brusquerie que j'ai aussitôt regrettée. "Oui, c'est vrai, admit-il. Toute souffrance est personnelle mais la Bible a su la rendre universelle."

« J'étais mal à l'aise : je n'ai pas connu les camps et je semblais moins confiant que Primo Levi dans le pouvoir éducatif de l'Histoire. En réalité, les Juifs, grâce à leur ancrage dans la mémoire, se souvenaient de tous les événements qui avaient marqué leur histoire : la destruction du premier Temple de Jérusalem par le roi babylonien Nabuchodonosor en 586 avant notre ère ; la destruction du deuxième Temple par Titus et les légions romaines en 70 de notre ère ; les croisades aux XIe et XIIe siècles ; l'expulsion d'Espagne en 1492 ; les massacres par les cosaques de l'hetman Bogdan Chmielnicki en Europe centrale en 1648... Et ils se souviendront pendant des siècles encore de la Shoah. Mais sauront-ils partager cette mémoire avec les autres ? La question de Primo Levi est essentielle.

« Quant à la mémoire, Proust en a bien décelé tous les pièges lorsqu'il écrivit :"Nous trouvons de tout dans notre mémoire. Elle est une espèce de pharmacie, de laboratoire de chimie, où l'on met au hasard la main tantôt sur une drogue calmante, tantôt sur un poison dangereux."

« L'idée qu'à travers le devoir de mémoire on tende la main aux morts m'a profondément touché. Mais qui viendra dans un siècle visiter Auschwitz ? »

Ce jour-là, peut-être à cause d'une fatigue soudaine, incompréhensible, j'accepte pour la première fois l'invitation de l'étranger à m'asseoir sur le banc à côté de lui.

J'ai un défaut qui souvent me joue des tours, je me vois être. Dans le miroir je me regarde vieillir, dans la vie je me vois avec les autres avant même que les autres me voient et me jugent. Je me vois donc sur ce banc du square des Vosges face à la statue équestre de Louis XIII, assis à côté d'un autre barbu, religieux celui-ci, habillé comme l'était mon grand-père Abraham dans sa lointaine Pologne. L'étranger a mon âge et pourtant des générations nous séparent. Pour moi, il appartient au passé ; lui se croit homme de l'avenir. M'a-t-il deviné ?

« Connaissez-vous les histoires du rabbi de Berditshev ? demande-t-il.

— Quelques-unes...

— Écoutez bien cela... »

Il se tourne vers moi, cligne des yeux, essuie ses lunettes et les remet soigneusement :

« Un savant ou un intellectuel juif, en tout cas un homme illuminé par l'esprit du siècle des Lumières, entendit parler du fameux rabbi. Intrigué, il vint lui rendre visite, bien décidé à démontrer au saint homme que la Raison disqualifiait sa foi. Il trouva le rabbi en méditation, un livre entre les mains. Le saint homme était tellement absorbé dans ses pensées qu'il ne s'aperçut même pas de la présence du visiteur. Au bout d'un moment il sembla toutefois s'éveiller, jeta sur le savant un léger regard et prononça ces quelques mots :"Peut-être est-ce vrai malgré tout ?" Le visiteur s'efforça de maîtriser son émotion. Le rabbi en imposait tant que sur cette simple phrase ses genoux se mirent à trembler. Le rabbi de Berditshev reposa alors le livre et s'adressa au visiteur en ces termes :"Mon fils, les grands maîtres de la science sacrée, les grands docteurs de la Torah avec lesquels tu as déjà discuté ont perdu leur temps avec toi ; tu n'as fait que rire de leurs paroles. Ils étaient, en effet, incapables de poser, comme tu le leur as demandé, devant toi, sur la table, le royaume de Dieu ni bien entendu Dieu lui-même. Je n'en suis pas plus capable qu'eux. La seule chose que je puisse te demander, mon fils, c'est de bien envisager si, qui sait, c'était vrai malgré tout."

« L'homme des Lumières voulut trouver une réplique, au moins un trait d'esprit, mais ce terrible "peut-être" l'avait frappé au plus profond et le laissait sans voix. »

Là-dessus, l'étranger me prend la main – notre premier contact physique – et se lève :

« À demain, lance-t-il.

— Bien sûr », pensant par-devers moi que Pascal avait déjà proposé ce pari.

Je ne sais pourquoi je pressens que je viens d'entendre sa dernière histoire.

Grimaces d'autre-monde

Dix-neuvième matin

La colère de ce matin, je la dois aux altermondialistes.

Cette colère-là, je la porte comme une brûlure qui ne cicatrise pas depuis la fameuse conférence de Durban, en Afrique du Sud, en 2001. Le rassemblement s'était transformé, selon Kofi Annan lui-même, alors secrétaire général de l'ONU, qui ne passe pas pour un grand ami d'Israël, en une « manifestation lamentable d'antisémitisme ».

Altermondialistes : qui a inventé le mot ? Les Belges, dit-on. Rêver, vouloir un monde différent, ce n'est pas seulement justifié mais nécessaire. L'injustice qui règne sur notre planète, les richesses non partagées, la misère, l'exploitation des hommes par les hommes n'ont pas diminué malgré les révolutions passées et les combats menés par nos pères. L'information moderne nous les a rendues plus proches, plus présentes. Mais aussi, avec effet pervers, plus acceptables. Les grandes manifestations d'altermondialistes, celle de Seattle en 1999, les forums alternatifs de Davos et le rassemblement de Gênes en 2001, puis les forums sociaux mondiaux à Porto Alegre en 2001 et 2003 ont eu pour objectif de nous rappeler à l'ordre : le monde ne peut continuer à se vautrer dans l'injustice prise comme une nécessité. L'écrivain yiddish Sholem Aleikhem aimait dire avec amusement que « le ver est installé dans le raifort et s'imagine que c'est de la confiture ».

Comment et pourquoi est né ce mouvement ? Selon l'économiste indo-américain Jagdish Bhagwati, les revendications altermondialistes contre le libre-échange sont liées à la chute du communisme, seul rival idéologique du capitalisme. Cette disparition aurait créé un vide pour les « idéalistes dont la conscience sociale se nourrit de la conviction que le capitalisme est source de toutes les injustices ». Sans parler des mobilisations morales : « Celui qui dans sa jeunesse ne veut pas rendre le monde un peu plus juste, en vieillissant deviendra un porc », disait, me semble-t-il, Léon Blum.

À cela leurs adversaires, s'appuyant sur les travaux de l'économiste autrichien von Hayek, répliquent que fonder l'activité économique sur une base morale ou sociale a pour conséquence directe un contrôle accru de l'État sur le travail des hommes et sur leur consommation. Pareil système verse nécessairement dans l'autoritarisme.

Le cri que des centaines de milliers de jeunes ont poussé à Porto Alegre, rêvant d'un autre monde, d'un monde nouveau, c'est aussi le mien. Mais pourquoi sont-ils si vieux, ces jeunes altermondialistes ? Pourquoi reprennent-ils d'anciens discours, intrigues, comportements, préjugés caducs ? Peut-on construire le neuf avec du vieux, surtout avec du vieux usé ? À Durban, j'ai entendu parler du « grand Satan » américain, du « petit Satan » israélien et même du « complot américano-sioniste », fameuse invention stalinienne des années 1950.

Je les ai vus à la télévision, ces altermondialistes, se lancer, encagoulés comme des coupeurs de têtes en Irak, à l'assaut de la police allemande pour protester contre la réunion du G8 à Rostock. Faut-il pour la bonne cause ranimer les dangereuses idées du XXe siècle au bout desquelles ces altermondialistes risquent de me tuer, moi, le « comploteur américano-sioniste » ? La lutte contre l'injustice ne se fonde pas sur l'injustice et la mort. Si leur altermonde est bien celui-là, alors je n'en veux surtout pas.

Cette nuit, j'ai beaucoup trop rêvé, une accumulation de rêves sur un rythme accéléré. Le dernier explosa avec les premiers rayons du soleil. J'ouvris les yeux. Il ne me restait qu'une poussière de rêve. Je me voyais debout dans un endroit inconnu. Soudain, mon père surgit de l'ombre, derrière moi, et posa ses mains sur mes épaules. La visite d'un mort, même en rêve, surtout en rêve, est toujours troublante. Je fus troublé.

Je me demande si une scène du dernier film de Stanley Kubrick *Eyes Wide Shut*, vu la veille, n'a pas animé mon rêve. On y voit Tom Cruise, debout, se poser des questions sur la mort d'une femme rencontrée lors d'une nuit elle-même énigmatique. Son ami, qu'interprète Sydney Pollack, s'approche de lui par-derrière et lui pose les mains sur les épaules. Cette interprétation superficielle de mon rêve ne supprime pas mon anxiété. Mon père voulait-il m'encourager à poursuivre mes combats ou annonçait-il leur fin pour bientôt ? C'est l'esprit retourné que je me rends place des Vosges à mon rendez-vous. Le loubavitch n'est pas là. Ce n'est pas la première fois qu'il saute un rendez-vous, aussi je ne m'inquiète pas trop, malgré mon étrange pressentiment. Il ne vient pas le lendemain non plus, ni le surlendemain. Curieusement, son banc reste vide, comme si riverains et touristes voulaient le réserver au cas où il réapparaîtrait. Le diable a pris les offrandes mais il reste l'autel.

Voici une semaine passée sans la moindre nouvelle, je commence à m'inquiéter. Ni les garçons de café de Ma Bourgogne, ni les gardiens du square, ni les voisins, personne n'a vu mon étranger. À la petite synagogue de la rue Pavée, construite dans le style Art nouveau par Hector Guimard, personne ne se souvient de lui. Et l'accident de voiture ? Les jeunes hassidim, chapeaux noir enfoncé sur la tête, me regardent, ahuris. D'après eux, personne ne s'est attaqué à un Juif dans le quartier depuis l'attentat de la rue des Rosiers en août 1982. Il n'y a pas si longtemps, ils avaient assisté à une courte parade antisémite de la tribu K, un groupe de Noirs fous, débarquant pour narguer les Juifs. Mais personne ne se souvient d'une voiture qui aurait foncé sur un hassid.

Qui pourrais-je interroger ? Qui pourrait m'informer ? Je ne suis tout de même pas le seul à avoir connu cet homme ! Rabbi Nahman de Braslaw disait qu'il ne faut jamais demander son chemin à quelqu'un qui le connaît car on ne peut plus s'égarer. Mais étant déjà égaré, je n'ai plus rien à perdre. Je décide de rendre visite au rabbin Pevzner, le chef des loubavitch de Paris, rue Tristan-Tzara, près de la porte de la Chapelle.

Ce quartier m'est proche. J'y ai habité quand nous sommes arrivés en France, rue Boucry, une vieille maison, escalier usé, au troisième avec les toilettes à la turque sur le palier, comme en Russie, pendant la guerre. Ce quartier ouvrier qui commençait à la porte de Paris se terminait pour moi au marché Marx-Dormoy. C'était mon horizon. J'étais peintre et nos voisins, me voyant porter les toiles, finirent par s'y intéresser. Au coin de la rue des Roses et de la rue de la Chapelle se trouvait une boulangerie où j'achetais notre pain. La fille du boulanger était jolie et je crois bien que je lui plaisais. Je me souviens qu'elle avait un vélo. Mon vocabulaire en français était modeste, aussi nos rapports se résumaient-ils au transport de mes tableaux sur son vélo, dont elle tenait le guidon d'une main tandis que de l'autre, elle tenait la mienne. La sienne, je m'en souviens, était menue et sèche. À la première exposition à laquelle j'aie participé, présentant l'une de mes œuvres au salon des Indépendants, tout le quartier s'est déplacé.

Helena Rubinstein vit ce tableau, l'aima. Elle vint me rendre visite rue Boucry. L'arrivée d'une Rolls-Royce dans le quartier ameuta tous ceux qui n'étaient pas au travail. Une foule admirative se massa autour de la voiture, chacun essayant, malgré les protestations du chauffeur à casquette, de toucher la carrosserie lustrée. Helena Rubinstein, petite femme rondelette, jambes courtes et fortes, cheveux tirés en arrière par un chignon, grimpa difficilement les trois étages puis, après avoir refusé un thé au citron que lui proposait ma mère, elle acheta un tableau et quelques gouaches. C'était amusant de les voir toutes les deux se chamailler en polonais : ma mère ne voulait pas que je vende mes œuvres. Moi, ça m'était égal : je ne les tenais pas pour des chefs-d'œuvre.

En traversant la rue pour me rendre chez les loubavitch, je pensais encore à nos minuscules trois pièces où mes parents recevaient tous les samedis soir le « cercle des poètes juifs », hommes et femmes transplantés avec leur langue et leurs livres dans une ville où personne, ou presque, ne pouvait les comprendre. Un jour, bien avant qu'il n'ait reçu le prix Nobel de littérature,

Isaac Bashevis-Singer passa à Paris. Il se joignit à eux. Il écrivait à l'époque dans *Forward*, quotidien new-yorkais en yiddish qui tirait à plusieurs centaines de milliers d'exemplaires. Pareille diffusion impressionnait les amis de ma mère qui ne disposaient, eux, que de deux petits journaux yiddish où, entre parenthèses, je faisais moi-même quelques heures supplémentaires à la linotype. Bashevis-Singer portait un costume marron, vaguement rouille et genre chiffonné. Le col de sa veste montait trop haut et soulevait le duvet roux qui couvrait son crâne. Ses yeux noisette riaient. Je lui ai dit que si je devais le peindre, j'aurais fait une toile submergée de rouille. Cette remarque le réjouit et il me proposa d'illustrer son roman *La Famille Moskat*. L'aurais-je fait, je ne serais peut-être pas à présent en train d'écrire mes colères...

Le quartier a bien changé, démolitions et nouvelles construrctions. Mais le numéro 17, la maison de ma jeunesse, n'a pas bougé.

Malgré sa population juive, la rue Tristan-Tzara ne ressemble en rien à un quartier de Varsovie. Elle rappelle plutôt une rue juive de Brooklyn : des magasins et un supermarché casher, des écoles, des crèches, une synagogue, un bâtiment central autour duquel courent des enfants, des garçonnets avec des kippas sur la tête et des petites filles au bras de leurs mères, les cheveux cachés par un foulard. Le hall d'entrée du bâtiment qui abrite les bureaux de la congrégation est couvert d'affiches et d'annonces en français, yiddish et hébreu. À l'étage, dans un vaste bureau plein de livres, le rabbin Pevzner me reçoit avec son fils. Il est maigre, une longue barbe blanche couvre sa poitrine. Son fils, plus fort, porte une barbe noire. Ils m'offrent une brioche toute chaude pour le shabbat.

Le rabbin Pevzner m'écoute et m'observe comme s'il voulait s'assurer que je ne lui raconte pas l'un de ces récits littéraires dont je fais mes livres. Quand je termine, il regarde son fils d'un air entendu et hoche la tête.

« Je ne sais que vous dire. »

Il soulève son chapeau pour se gratter le crâne et ajoute :

« Une fable est un pont qui conduit à la vérité. »

Puis, en agitant ses mains comme s'il voulait effacer la phrase précédente :

« Non, non, non. Ne pensez surtout pas que je suis en train de douter de votre récit. Mais... mais voilà : le personnage que vous décrivez, nous ne l'avons jamais vu par ici.

— Il vient peut-être d'ailleurs, suggère son fils. Ne vous a-t-il pas dit que lorsqu'il est à Paris, son double, comme vous l'appelez, le suit comme une ombre ? On peut en déduire qu'il n'habite pas Paris. Nous ne connaissons pas tous les loubavitch du monde.

— D'autant que vous ne savez ni son nom ni son prénom, intervient à nouveau le rabbi. Ni même son adresse. Rien... »

Il sourit tristement :

« Je confesse mon ignorance. Comme il est dit :
"Si j'essaye de la cacher, je serai amené à la confesser plusieurs fois." »

Ils se taisent tous deux un long moment. Mon regard est attiré par la photo du rabbi Menahem-Mendel Schneerson de Brooklyn, leur maître, posé sur une vieille commode près d'un chandelier à sept branches.

Le téléphone sonne. Le fils Pevzner répond brièvement. Je vois bien que le père et le fils me croient victime de mon imagination. « La raison a beau crier, disait Pascal, l'imagination a établi en l'homme une seconde nature. » Les loubavitch le savent-ils ?

Enfin le rabbin Pevzner se racle la gorge, balaie sa longue barbe de ses deux mains et affirme :

« Peu importe les preuves de l'existence de votre inconnu. L'essentiel, c'est que vous lui ayez parlé. C'est une belle aventure, monsieur Halter. Le Saint, maître de l'univers, ne fournit pas à tout le monde une oreille attentive à ses colères. »

Je suis si troublé que j'en tremble :

« Mais, rabbi, je l'ai vu ! Je l'ai vu comme je vous vois. J'entends encore sa voix, je saisis encore son regard... »

Le rabbin Pevzner a l'air gêné :

« Ne me faites pas dire ce que je ne dis pas, monsieur Halter, mais comme l'affirme le rabbin Eliezer dans le Talmud, "un rêve n'a que le sens qu'on lui accorde" et c'est de votre rêve qu'il s'agit, pas du mien. »

Il regarde à nouveau son fils et s'empresse d'ajouter :

« Ou de votre réalité. »

Le fils Pevzner tente de détendre l'atmosphère en me proposant du thé. Je n'ai pas soif. Alors il serre le cordon de sa redingote en soie et tend vers moi ses deux mains potelées :

« Quels sont vos projets, monsieur Halter ?

— Écrire mes colères.

— Vous voyez, s'écrie-t-il en levant ses bras comme s'il allait entamer une danse hassidique. Vous voyez bien que le Saint, maître de l'univers, vous a béni ! Savez-vous combien de nos semblables auraient bien voulu mais ne pourront jamais exprimer leurs colères ? Le rabbi Eliezer du Talmud affirme que sur cent personnes, quatre-vingt-dix-neuf meurent d'amertume et qu'un seul meurt de sa mort naturelle. Bien entendu, si je vous parle de la mort, corrigea-t-il aussitôt, c'est après cent vingt ans de vie. Cent vingt, comme vous le savez, correspond au nombre d'années que Moïse, notre maître à tous, a vécues. »

Le jeune Pevzner pense me faire plaisir ; à l'incompréhension il ajoute la peur. La peur de mourir.

Pour qui se prennent-ils ?

Vingtième matin

Cette nuit, j'ai encore rêvé de mon père. Au réveil, le rêve s'évanouit, le malaise demeure. Non, décidément, je n'aime pas que les morts me rendent visite. Pour couper court à ces étranges intrusions, je décide d'aller sur la tombe de mes parents, au cimetière de Bagneux. Cela fait longtemps que je ne l'ai pas visitée.

Je me rends d'abord place des Vosges. Qui sait ? Mais le banc de l'inconnu est inoccupé. Je m'assois. Le square est désert. Louis XIII à cheval me regarde sans me voir. Quelques moineaux se posent sur le banc à côté de moi en s'égosillant. Jack Lang passe avec son épouse Monique :

« Je te vois depuis ma fenêtre : que fais-tu tous les jours sur ce banc ? me demande-t-il en riant. Tu as l'air d'un sage au paradis. »

Je corrige :

« Un sage qui se serait évadé du paradis. »

Jack n'a pas l'air de comprendre. Il a visiblement envie de discuter mais Monique le tire par le bras, elle est pressée.

« À bientôt », me dit-il avant de disparaître.

Dommage, j'aurais pu leur raconter l'histoire des

quatre rabbins entrés au paradis, *Pardes* en hébreu, le verger mystique : ben Azaï, ben Zoma, ben Abouya et ben Joseph. Ben Azaï mourut, ben Zoma devint fou et ben Abouya renia sa foi. Seul Akiba ben Joseph ressortit indemne. Seul, il a su éviter l'illusion, car il est écrit : « Quand vous arriverez aux pièces de marbre étincelant, ne dites pas "Eau ! eau !" Oui, l'illusion c'est quand on voit le ciel dans l'eau et les poissons sur les arbres. *Pardes*, PRDS en hébreu qui s'écrit sans voyelle, c'est aussi P, pour *pechat*, « explication », R, pour *remez*, « allusion », D, pour *derach*, « interprétation » et S, pour *sod*, « secret ».

Je ne sais pas pourquoi, mais me voilà maintenant persuadé que l'inconnu ne reviendra pas. Il restera pour moi un grand S, *sod*, secret, ou songe.

Curieuse histoire que cette rencontre au pied de la statue de Louis XIII. L'ai-je rêvée ? L'ai-je vécue ? Reviendra-t-il un jour, mon inconnu. Aura-t-il, comme dans *La Cerisaie* de Tchekhov, marqué une période de ma vie, une rupture, un changement ? Pourrai-je dire, à la manière de Lioubov Andreïevna : « Ô mon tendre jardin, mon beau jardin ! Ô ma vie, ma jeunesse, mon bonheur, adieu !... Pour la dernière fois un regard sur ce banc, cette statue. » Prise en tenailles entre la première et la dernière fois, toute brève rencontre apparaît comme un raccourci de cette fabuleuse aventure qu'est la vie. La vie avec un début et une fin. Anton Tchekhov dans *La Dame au petit chien* et Yvan Bounine dans *Le Coup de soleil* ont si bien compris le caractère arbitraire et mystérieux des rencontres fugitives... À force de chercher une explication à la disparition de mon inconnu, la tête me tourne. Mais peut-être n'y a-t-il rien à chercher et rien à comprendre ?

Se rendre au cimetière de Bagneux un dimanche matin en voiture ne prend pas plus d'une demi-heure.

Suffisant pourtant pour faire le tour de ma dernière colère. Encore que celle-ci soit, à vrai dire, permanente : la colère contre la mort. Tout d'abord, la mort que les hommes – peut-on encore les appeler ainsi ? – se donnent le droit d'infliger aux autres hommes. Je les ai vus à l'œuvre à Varsovie puis au Proche-Orient, en Afghanistan, au Rwanda, en Argentine sous la dictature militaire. Ma cousine Ana-Maria fut enlevée, torturée et son corps déposé devant la porte de ses parents. Je l'ai vu. J'ai pleuré. Un enfant, un orphelin, resta seul dans le berceau. Que ceux qui aiment la mort la prennent et disparaissent avec ! Que ceux qui pensent pouvoir plaire à Dieu en se faisant exploser, qu'ils se donnent la mort chez eux. Tout objectif, serait-il le plus beau, le plus noble, s'il doit pour réussir consommer son lot de sacrifices humains, comme le dieu Moloch dans la vallée de la Géhenne, est condamné à pourrir avant d'éclore. L'injonction « Tu ne tueras point » ne supporte aucune dérogation. Elle concerne ceux qui croient comme ceux qui ne croient pas. À ceux qui s'arrogent le droit de tuer pour nous rapprocher du paradis je crie : « Non ! Je ne veux pas de votre paradis, je hais votre monde à venir. Ce que je désire, c'est la vie ! »

Peut-on légitimer le recours à la force ? Le chanteur Corneille est d'origine tutsi. Il est le seul de sa famille à avoir échappé au génocide perpétré par les Hutus au Rwanda. Il m'a raconté ce qu'est un profond désir de vengeance. Et comment il y a renoncé afin de ne pas ressembler aux assassins hutus.

Dans un monde où depuis toujours la violence répond à la violence, comment récuser la révolte armée ? Avec Hannah Arendt, on a souvent reproché aux Juifs leur passivité devant les nazis. Après la guerre, comme par souci de justification, les historiens juifs mirent presque exclusivement l'accent sur la révolte du ghetto de Varsovie. Ce faisant, ils ont passé sous silence une autre forme de résistance que les Juifs ont développée dans ce ghetto. Pour être plus complexe et moins spectaculaire, commandée par l'éthique et imposée par les exils et les dispersions répétés, elle n'en fut pas moins efficace. Elle leur aura permis de survivre à toutes les persécutions et à tous les rejets.

C'est ainsi que, le 2 octobre 1940, lorsque le gouverneur nazi Ludwig Fischer décréta la création du ghetto à Varsovie, les Juifs entreprirent immédiatement d'organiser un prodigieux réseau d'entraide médicale, sociale et culturelle. Il fallait, dès la première heure, rendre moins pénible la vie de ces cinq cent mille hommes, femmes et enfants, entassés dans un quartier de la ville conçu pour quatre-vingt mille habitants. Par ce déni radical d'humanité, le ghetto de Varsovie devint l'un des plus grands « cimetières de vivants », une fosse de décomposition pour un peuple condamné à disparaître.

Pourtant, les Juifs ne se découragèrent pas. Ils entrèrent dans ce que j'appelle la première phase de la Résistance, celle de la parole. On put voir de petits groupes de langue allemande – dont faisait partie mon grand-père Abraham – aller au-devant des bourreaux et leur parler. Peut-on imaginer la dose de courage et d'abnégation nécessaire à pareil dialogue ? Opposer le verbe à la violence. C'était là leur stratégie, leur espoir... Six mois plus tard, Himmler, par décret spécial, interdisait aux soldats allemands de pénétrer dans le ghetto.

Faute d'interlocuteurs, les Juifs passèrent à la seconde phase de la Résistance : le témoignage. L'historien Emmanuel Ringelblum raconte dans son *Journal* que, malgré la faim qui les taraudait et se sachant condamnés, ses compagnons de malheur trouvèrent assez de force pour s'employer à rassembler tous les documents qui circulaient dans le ghetto. Ils les lui remettaient afin que l'Histoire continue de s'écrire. Pour que le Mal ne soit pas effacé par l'Histoire. Cette détermination à rompre, en silence, le silence qui leur était imposé, témoigne d'une rare audace et d'une non moins rare intelligence. Ces hommes et ces femmes avaient une conscience aiguë de leur responsabilité face aux générations futures.

Enfin, lorsque Emmanuel Ringelblum et ses collaborateurs, à qui l'on doit une documentation irremplaçable sur la vie quotidienne du ghetto, furent déportés à leur tour, les derniers survivants finirent par prendre les armes. Cette révolte ouvrit alors la troisième et dernière phase de la Résistance. Sans joie. Par manque de choix. *Béein breira*, en hébreu.

Cette Résistance en trois paliers, le troisième n'intervenant que lorsque l'efficacité des deux premiers est épuisée, reste pour moi la plus intense, la plus bouleversante et la plus morale des leçons.

Mort, je te hais

Vingt et unième matin

Toujours à propos de la mort. Moscou : Oleg Dobrodeev, président de la chaîne de télévision Rossia qui vient de produire un film sur ma vie, me dit : « Sais-tu qu'en Union soviétique la mort était bannie ? Le communisme, système positif par excellence, était bâti sur le bonheur quotidien et ne devait pas être perturbé par l'angoisse que provoque l'idée même de ne plus être. On parlait volontiers de ceux qui étaient morts pour la patrie, les armes à la main, pour le socialisme, les générations futures, mais on ne voyait jamais leur enterrement. »

« Sais-tu, ajoute Dobrodeev, que les convois funèbres étaient interdits en ville du temps de Staline ? On les faisait passer par des voies détournées et peu fréquentées ? »

En effet, je me rends compte que Lénine lui-même, qu'enfant j'admirais, est toujours vivant dans son mausolée sur la place Rouge.

C'est la mort de Staline, me semble-t-il, l'immortel « petit père des peuples », qui provoqua la première faille dans le système et fit redécouvrir aux millions d'enfants de la Révolution l'angoisse que suscite l'idée de la mort. Cette angoisse qui, chez nous en Occident, est à l'origine de toute création. « La peur aux talons donne des ailes », écrit le poète.

Montrouge a changé. Depuis plus de trente ans que je rends visite à mes parents dans cette maison commune qu'est le cimetière de Bagneux, rien n'est pareil. Tout autour, les vieilles maisons ont disparu ainsi que les cafés enfumés où se retrouvaient après les enterrements des Juifs originaires d'un des pays d'Europe centrale, survivants ou rescapés de la Shoah.

Barbier, un fleuriste-marbrier, occupe toute la façade du 120, rue Marx-Dormoy, juste en face du cimetière. Christian Barbier, le père, Jocelyne, sa femme, et leur fille Aurore sont curieux des vivants. Quand on regarde tous les jours passer les morts... Jocelyne qui a lu mes livres veut savoir quel sera le suivant. Je lui réponds :

« Un livre sur mes colères. »

Elle s'esclaffe :

« Vous avez de la chance de pouvoir les exprimer ! Moi, j'en ai quelques-unes, mais je ne sais pas écrire. »

Elle insiste :

« Et après vos colères ?

— Les amours du roi Salomon et de la reine de Sabah. »

Christian, Jocelyne et Aurore connaissent toutes les tombes du cimetière et sont fiers de fleurir celle de la chanteuse Barbara, à la demande de sa sœur qui vit en Israël. Christian, Jocelyne et Aurore sont prêts à faire de même pour la tombe de mes parents. Mais je m'en occupe moi-même. Ce n'est pas dans ma tradition de déposer des fleurs sur une dalle funéraire. Sur les tombes juives, on place un caillou blanc pour marquer son passage. Cela remonte, me semble-t-il, à l'époque où les Juifs vivaient dans le désert : la pierre était le seul élément qui marquait l'emplacement d'une sépulture.

Aussi loin que je me souvienne, mon père apportait des fleurs à ma mère. Je continue. Qui mettra des fleurs sur ma tombe ? Je ne sais pas.

Ils sont tous là, comme dans un ghetto, entourés d'une muraille. Le cimetière est un monde souterrain, seuls le nom des rues, des allées, des avenues et le nom des habitants restent en surface. La tombe de mes parents se trouve avenue du Fort, entre l'avenue des Pruniers en fleur et celle des Tilleuls argentés. Étrangement, le cimetière est organisé comme une armée, en divisions et en sections. Mes parents se trouvent dans la cent quinzième division et vingt-septième section. Dans le silence des morts, j'ai envie de crier. Comme j'aurais aimé pouvoir les réveiller, tous ces hommes, toutes ces femmes, tous ces enfants injustement enlevés à la vie. Toute mort est une injustice, toute mort me met en colère. Levez-vous les morts ! Personne aujourd'hui n'est capable de réitérer l'exploit d'Ézéchiel dans la Bible ? « Ossements desséchés, écoutez la parole du Seigneur [...]. Je vais faire venir en vous un souffle pour que vous viviez. Je mettrai sur vous des nerfs, je ferai croître sur vous de la chair, j'étendrai sur vous de la peau, je mettrai en vous un souffle et vous vivrez ! »

Je n'arrive pas à crier, ma voix reste bloquée dans ma gorge. Quand enfin j'ai pu prononcer un mot, j'ai dit le *Qaddich*, la prière des morts. C'est la première fois depuis trente ans. S'il y avait un au-delà, un là-bas, ma mère aurait certainement été satisfaite. « Là-bas » est un acte de foi, une aventure. Dans cette aventure, même les hommes « raisonnables » y trouvent un peu d'espoir.

Étrange : seule la mort est éternelle. Mais moi, je n'ai que faire de l'immortalité, je veux la vie. Je m'y accroche et je m'y accrocherai. Ma mère, elle, a abandonné la vie volontairement. « La vie commence à être trop douloureuse », a-t-elle dit dans sa chambre d'hôpital. Puis, prenant ma main entre les siennes, elle me fixa de ses yeux sombres comme dans une supplique : « Je voudrais rejoindre ton père. » À sa demande, je lui ai apporté sa trousse de maquillage pour qu'elle se fasse belle, puis j'ai débranché les tuyaux qui entretenaient encore en elle un simulacre de vie.

Ma mère est morte belle comme elle l'était de son vivant. Sur sa tombe, je n'ai fait graver que la date de sa mort, 26 décembre 1974. La photo qui accompagne cette inscription la représente jeune, souriante, coiffée d'un béret sur la tête. C'est comme cela qu'elle aurait aimé, j'en suis certain, que les passants la voient.

Rien à faire, j'ai beau me raisonner, la colère contre la mort ne me quitte pas. Quand le mot « fin » s'inscrira, toutes les colères disparaîtront avec moi. Aussi la colère contre la fin nourrit-elle toutes mes autres colères.

Je reste un moment à contempler les photos de mes parents parmi les photos d'autres locataires des caveaux qui s'alignent le long de la muraille. Le caveau de mes parents appartient à la Société populaire, il est situé entre le caveau des Amis solidaires et celui des Enfants de Chczanow. Derrière, j'aperçois le caveau de la Société des originaires de Transylvanie. Si tous ces gens revenaient, le français s'enrichirait de quelques dizaines d'accents.

Je remonte dans ma voiture. Quittant le cimetière, j'ai une vision. Je sens mon cœur comme un bloc de béton : j'ai l'impression de reconnaître mon inconnu. Je freine comme une brute. Le corbillard qui me suit manque de m'emboutir. Je descends de voiture et cours vers le Juif religieux qui me tourne le dos, près de la cabane du gardien. Au bruit de mes pas il se retourne : ce n'est pas lui ! C'est le *hazan*, le chantre qui, depuis des années, fait les cent pas devant le portail du cimetière en attendant que quelqu'un lui demande, moyennant récompense, de dire une prière sur la tombe de ses proches. Il comprend mon égarement et me fait une grimace.

Le chauffeur du corbillard s'impatiente, klaxonne. Je cours reprendre le volant. Le visage grimaçant du chantre me poursuit.

Je passe une très mauvaise nuit. Le traité *Hagigah* du Talmud me trotte dans la tête :

« Celui qui se demande
Ce qu'il y a en haut
Ce qu'il y a en bas,
Ce qu'il y avait avant
Ce qu'il y aura après
Mieux vaudrait pour lui
N'avoir pas été créé. »

Dans mon sommeil, j'essaye de persuader quelqu'un que le Talmud a tort. Dieu n'a pas besoin de godillots. N'a-t-il pas créé l'homme à Son image ? Au réveil, je revois la grimace du chantre du cimetière de Bagneux. Le songe bizarre de la nuit passée ondoie encore dans mon esprit. Je m'habille en hâte et cours place des Vosges. Une colombe s'est perchée sur la tête de Louis XIII, un corbeau se pose sur son cheval. Un signe ? Dans la Bible, la rencontre de la colombe et du corbeau annonce la décrue des eaux après le Déluge.

La colère de la veille ne me quitte pas. Mon rêve l'a fortifiée. Une voix derrière mon dos me fait sursauter :

« Vous avez l'air en colère, monsieur Halter. »
Je me retourne de tout mon corps : non, ce n'est pas mon inconnu. Sur son banc, je découvre un Juif religieux plus âgé. Son chapeau noir est identique mais sa barbe est blanche et son œil noir n'est point dissimulé derrière des lunettes. Un autre loubavitch ? L'étranger sourit, déplace sa sacoche en velours contenant son châle de prière et me fait signe de la main :
« Vous ne voulez pas vous asseoir ? »

Table des matières

1. Un sans-papiers ou comment l'on devient français 13
2. Communautés, et alors ? 21
3. Le pouvoir aux banlieues 28
4. Dieu n'est pas mort 32
5. La haine de l'un n'est pas la haine de l'autre 42
6. Femmes, cassez la baraque ! 49
7. Le chantage des écolos 57
8. Terrorisme ou la jouissance des imbéciles .. 66
9. Israël-Palestine, le conflit-spectacle 74
10. A-t-on le droit d'aimer sa mère ? 82
11. Europe : la danse des fossoyeurs 90
12. Démocratie : attention, denrée périssable ! .. 100
13. La Russie au Goulag ? 109
14. Pas de charité pour la charité 118
15. Tous les diables ont-ils la même queue ? .. 127
16. Yankees go home ? 136
17. Faire envie ou faire pitié ? 148
18. Pas de devoir pour la mémoire 155
19. Grimaces d'autre-monde 164
20. Pour qui se prennent-ils ? 173
21. Mort, je te hais 178

Un peuple oublié de l'Histoire

Le vent des khazars
Marek Halter

Alors que Charlemagne est couronné empereur d'Occident, à l'heure où le grand khalife de Bagdad propage la foi en Allah, un royaume perdu entre les monts du Caucase et l'embouchure de la Volga se convertit au judaïsme. Mille ans plus tard, l'écrivain Marc Sofer redécouvre cette histoire oubliée. Pourquoi ce peuple de guerriers, les khazars, a-t-il choisi d'être juif ? Et comment a-t-il pu disparaître de l'Histoire après trois cents ans de prospérité ? Pour percer le mystère, l'écrivain s'aventure à Bakou, capitale pétrolière de la mer Caspienne et se retrouve au cœur d'une très contemporaine intrigue politique et criminelle...

(Pocket n° 11581)

Il y a toujours un Pocket à découvrir

Le vent de l'Histoire

La mémoire d'Abraham
Marek Halter

Deux mille ans d'histoire d'une famille juive : de cette aube de l'an 70, où le scribe Abraham quitte Jérusalem en flammes, à ce jour de 1943, où l'imprimeur Abraham Halter meurt sous les ruines du ghetto de Varsovie. Cent générations qui, à travers les siècles et les tribulations de l'Histoire, du Proche-Orient à l'Afrique du Nord et dans l'Europe entière, se sont transmis le *Livre familial*, mémoire de l'exil. Jusqu'à Marek Halter, le dernier « scribe » qui, aujourd'hui, recrée pour nous la grande aventure... Une œuvre exemplaire, chargée d'humanité et de vérité, où passent le souffle de l'Histoire et l'âme d'un peuple.

(Pocket n° 2308)

Il y a toujours un Pocket à découvrir

Qui était la mère du Christ ?

Marie
Marek Halter

Dans les Évangiles, Marie demeure cachée dans l'ombre de Jésus. Sacrée, désincarnée, figure maternelle par excellence, elle ne semble pas avoir d'existence propre. Pourtant, avant la naissance de Jésus, avant que la parole de son fils soit reconnue comme prophétique, elle fut une jeune fille juive de Nazareth, puis une femme survivant aux horreurs de l'occupation romaine. Qui était la jeune Miryem de Nazareth, celle que les Romains nommeront Marie ? Dans une Judée martyrisée par la tyrannie d'Hérode le Grand, nous suivons les pas de cette femme subtile et volontaire appelée à devenir la mère du Christ.

(Pocket n° 13408)

Il y a toujours un Pocket à découvrir

Impression réalisée par

Brodard & Taupin

50399 – La Flèche (Sarthe), le 07-01-2009
Dépôt légal : janvier 2009

POCKET – 12, avenue d'Italie - 75627 Paris cedex 13

Imprimé en France